新潮文庫

愛の試み

福永武彦著

新潮社版

2264

初めに

僕は愛について語りたいと思う。愛について語ることはやさしくはない。それは殆《ほとん》ど人生の深奥《しんおう》に関っていて、僕等を生かしめている強力な動機の一つである。人は、愛のある状態に生きるか、愛のない状態に生きるか、殆どこの二者のいずれかに属している。愛のある状態と言っても、そこには自己への愛に始まって、地上での悩み多い他者への愛を経て、神への愛に終るさまざまの場合があるだろう。僕はそれを一つ一つ解きほぐして語ることは出来ない。僕は心理学者でも、教育家でも、道徳家でも、信仰者でもない。僕はただ、人間が生きるために他者を求めて行くその魂の願いのようなものが、生きるための人間の希望の一つであると考える。僕が愛という場合に、それは常に孤独と相対的なもの、人間の根源的なものである。

愛といったが、僕は主として異性への愛、恋愛について語ることになるだろう。恋愛の外側を囲んでいるきらびやかな飾りを取り去るなら、恋愛の最も大事な部分も、やはりこの厳粛な愛という言葉で表すことが出来る。恋人を愛することは、その純粋な形に於《おい》て、母親を愛し、友人を愛し、同朋《どうほう》を愛することと同じ源から出ている。一体愛という言葉の語源には、agapê と erôs との二つの言葉がある。アガペーは兄弟愛であり、エロースは欲望としての愛である。前者は静的なもの、後者は動的なものとも言える。僕は恋愛の中にも、この静的なものを見、それが現実と触れ合うところに注目する。

　断るまでもなく、僕は格別自信があってこの稿を始めるわけではない。僕は恋愛小説のエクスパートでもないし、況《いわん》や恋愛のエクスパートでもない。しかしすべて愛というものは最も人間的なものだし、それを語るために特殊の経験が必要だということはないだろう。僕はただ愛の発生から終りに至る過程を、――愛の意識、その持続、その作用、その世界を、僕なりに観察してみたいと思う。

　このエッセイがあまりに観念的に過ぎることのないように、僕はそのところどころに、現実から取って来た「挿話《そうわ》」を加えることにした。しかしこの部分はすべて小説家のフィクションなのだから、人はそのモデルを穿鑿《せんさく》しない方がいいだろうと思う。

目次

愛の試み

夜《よる》われ床《とこ》にありて我心《わがこころ》の愛する者を
たづねしが尋《たづ》ねたれども得ず。
「雅歌」第三章、一

孤　独

人は孤独のうちに生れて来る。恐らくは孤独のうちに死ぬだろう。僕等が意識していると否《いな》とに拘《かかわ》らず、人間は常に孤独である。それは人間の弱さでも何でもない、謂《い》わば生きることの本質的な地盤である。

僕等は通常、孤独であることを忘れて生活している。現実は常に流れて行き、僕等はさまざまの経験に洗われ、視野は絶えず外界に向って開いている。僕等に接触する外界の事象が、或《あ》るいは重たく、或いは軽く、次々に僕等の内部に経験として沈澱《ちんでん》し、時間によって少しずつ洗い流され、新しい忘却が古い忘却の上に積み重なって行くにつれて、僕等はそれを生きていることだと思い、そのような生きかた、謂わば外界によって生かされている生きかたに、何の疑いも持たぬ。勿論《もちろん》その場合にも、エゴは常に働いている。僕等の感覚は外界の事象から敏感に快楽を抄《すく》い取り、僕等の理性は既成の習慣や、道徳や、他人の意見や、輿論《よろん》や、自分の判断などを綜合《そうごう》して、無限にある経験の中から自分にふさわしいものだけを選《え》り分ける。そういうエゴの活動が活潑《かっぱつ》に行われ、時間の流れがスムーズに、停滞なく、経験を乗せて運ばれて行く時に、人はその生活に満足して自分の中にある世界の存在を忘れる。この時、内なる世界は単に外界の反射にすぎず、魂そのものの微妙な息づかいは自分自身に聞えてはいない。僕にとって、それを真に生きている状態と呼ぶことは出来ない。

しかし僕等は、日常の騒がしい雑音の中に、ふと自分たちの魂のかすかな息づかいを聴くのだ。或る時はそれがごく些細《ささい》なこと、例えばビルの屋上から眺められた白い雲のかたちとか、海の向うに僅《わず》かに見えるマストとか、道端に咲いた小さな草花とかであるかもしれない。或る時はまた他人との喧《いさか》いや、死亡通知や、身体《からだ》の異常感や、仕事の失敗などが、心の中に空虚な部分をつくり上げて、僕等をして否応《いやおう》なしにそこを覗《のぞ》き込ませるのかもしれない。そういう時に、今まで僕等の外側を自動的、物理的に流れていた時間は、最早《もはや》僕等とは縁のないものになる。そこでは時間が止る、或いは時間はまったく別の次元を流れ始める。僕等は記憶の中に帰って行き、嘗《かつ》て経験したことを新しい視野から眺めるか、或いは未来を想像して、自分のかくあるべき像をその画面に映し出す。人がもしその時孤独を感じているならば、現在の状態と較べて、過去の映像は常により明るく、未来の映像は常により暗く、より悲しく映る。孤独というものは、心の鎖《とざ》された状態としては、常にペシミスチックである。

僕等は親しくした人間の突然の死を聞く。或いは恋人が自分から離れて行ったことを確実に知る。そういう時、外界は僕等と無関係になり、思いは屈し、僕等は無気力に、怠惰になり、時間はそこで途絶える。僕等は悲劇的な感情を味わい、それに満足し、自分の心が鎖《とざ》されるままにしてそれを孤独だと呼ぶ。それは消極的な、非活動的な、萎縮《いしゆく》した孤独である。詩や小説の題材としての孤独は、それで足りる。ウェルテルの悲しみは、読者にその悲しみを追体験させることで人おのおの持つ孤独を意識させる。が、誰もウェルテルに倣《なら》って自殺しようとは思わない。作品の発表後に、多くのウェルテル病患者が自殺したからといって、ゲーテは彼の描き出した絶望的な孤独に責任を持つ必要はない。真似《まね》をした馬鹿者《ばかもの》たちが、果してウェルテルほどに孤独を痛感していたとは思われない。ゲーテがその作品を書くことによって、彼の経験した消極的な、従って閉鎖的な孤独を、より積極的な、解放的なものに引き上げたその秘密は、これらの読者にはまったく理解できなかったわけである。そこに芸術と人生との相違が横たわっている。絶望的な作品の真の効用は、読者がそれを追体験することによって、そのような種類の絶望を乗り越えさせる点にある。それは免疫《めんえき》ということに似ている。折角のワクチンで本当に病気に罹《かか》るというのでは馬鹿げている。

しかし自分自身の経験として或る悲劇に直面した場合に、人は自分自身の力によってしかそれの傷《きず》を癒《いや》すことは出来ない。彼は自分の心のほかに真に相談する相手を持たず、自分の舌以外に傷痕《あと》を嘗《な》めてくれる友を持たない。失恋した少女が新聞の身上相談欄に投書したところで、彼女が聞かされるものは一般的な、最大公約数的な意見で、彼女自身の特殊な場合に当てはまる特効薬を授けてもらえるわけではない。彼女は自分ひとりで考え、遂《つい》には彼女自身の方法を思いつくだろう。大きな心には大きな智慧《ちえ》が、小さな心には小さな智慧が、それぞれ浮び、どのような愚かな心にも、自分の悲劇を乗り越えて進む力のようなものが湧《わ》いて来るだろう。それが芸術に表された孤独とは違った、人生の智慧という意味での、より積極的な、強靱《きょうじん》な、孤独である。

内なる世界

人は生れながらに彼に固有の世界を持っている。その世界は謂《い》わば孤独というのと同意義なのだが、決して悲劇的な、閉鎖的なものではない。それは充足した、円満な、迸《ほとばし》り出る世界である。一人で遊んでいる赤ん坊を見る時に、僕等はそれが完全な幸福の状態である事に気がつくだろう。赤ん坊は太陽の暖かい光線の方に顔を向ける。傍らにあるものを掴《つか》んで、小さな手の中でその形、その重さをたしかめる。かすかな物音に耳を澄ます。その意識の中では、恐らくは外界の時間と内部の時間とが微妙に調和し、思考というものはその原型のまま本能の形を採って流れ、感情もまた原始的な無垢《むく》の状態を保っている。赤ん坊の持つ孤独は人を微笑させる。その孤独には、他人を傷つけるものも、自分を傷つけるものもない。もし閉鎖的という言葉を使うならば、この孤独は完全に閉鎖的であり、しかも同時に充足的である。それは一つの美しい矛盾をなしている。

しかしエゴが目覚めて来ればそうは行かない。閉鎖的であれば、それは必ずや不完全な状態になるし、心が外界にさ迷い出れば孤独というものは喪《うしな》われる。人が一般に自分の孤独に気がつくのは、自分の心に何ものかが欠け落ちているのを知る時である。その要因は自分から来ることもある。例えば病気になった時には自分の健康が喪われたことを、試験に失敗したり事業が傾いたりした時には自己の能力が喪われたことを、知る。それはエゴに不満を与え、この充《み》ち足りない状態を自己の孤独に結びつけて考える。しかし多くの場合、エゴはそれを他者に結びつけようとするものだ。病気になったのは誰々が酒を飲ませたからだとか、家人が注意しなかったからだとか、落第したのは試験官が辛すぎたからだとか、左前なのは誰々が金を貸さなかったからだとか、——すべてそうした考えかたをする時に、傷ついたエゴが持つものは、他者にも自分にも不満な孤独である。それは一時的、過渡的なもので、原因さえ消滅すれば、即《すなわ》ち肝臓病が癒り、試験に及第し、商売がうまく行くようになれば、けろりと忘れてしまう。それは殆《ほとん》ど傷痕《きずあと》を残さない。これに対して、消極的な孤独のうち真に危険なものは、本質的に他者から来る。それは他者によって無理やりに、自己を閉鎖させられてしまった状態である。それは愛の欠けた状態ということが出来る。この場合に、愛とは常に他者からの愛である。

例えば母親が死ぬという経験。それは多くの人が知っていることだし、一つの普遍的な悲しみとして納得してしまえばそれで済む。が、理性がどのようになだめようとも、母親は常に一人であり、この一人はかけがえがない。その場合に、子供の方の愛は、母親が死んだからといって消滅するわけではない。いな、それはこうした契機によって、一層高まり、鋭く心を突き刺す。しかしその時の傷は、自分はまだ母親を愛しているのに、それに応《こた》えてくれるべき愛がないということだ。子供の心の中に母親の愛の占める部分はちゃんと残っているのに、肝心の愛は欠け落ちてしまった。その空虚感が、孤独となって彼の意識を鎖《とざ》してしまう。

　傷となる原因はすべて他者からの愛である。恋人が自分にそむいた、自分から離れて行ったという場合に、問題は彼が彼女を愛している愛の量ではない。彼の愛は続いている。が、彼女の方の愛が、その量を減じ、或《ある》いはまったく消滅してしまった時に、彼は内なる世界に閉《と》じ籠《こも》って、自分には理解してくれる者はいない、愛してくれる者はいない、自分は一人きりで、何の希望もないと考えるのだ。その時、他に彼を愛してくれる女がいたり、或いは母親がいい相談相手になってくれたりしたところで、状況は少しもよくはならず、彼は寧《むし》ろうるさいと思うだけだ。一つの愛に夢中になった者には、それ以外の愛は眼に映らない。彼の内なる世界は、この一つの愛、他者からの愛だけでもういっぱいになっていて、それを自ら切りひらく力もなく、他の愛を受け容れる余地もない。それは自分が鎖《とざ》したというより、他者によって鎖された世界である。この孤独は、そのままでは、何ものも生み出さない。

このようにして占められた他者の愛は、決して実際の量として量《はか》られているのではない。恋愛は常に虚像として、単なる主観的なイメージにすぎない。愛している人間が心の中に傷を感じ、孤独な夢想に耽《ふけ》るのは、常に相手の自分に寄せる愛が、自分の相手に寄せる愛よりも、その量に於《お》いて尠《すくな》いと考えるからだ。彼女は自分をそれほど愛していない、自分よりも誰々の方によけい気があるようだ、そうした不安がかえって巨大な虚像を生み、心の中をいっぱいに占領してしまう。愛することの尠い方が、常に、より愛している者の心を傷つけること、そこに愛の、謂《い》わば中毒作用がある。他者の自分への愛は、それが小さいと感じられれば感じられるほど、大きく眼に映って来る。その時、人は他者の眼で自分を見ているのである。

内なる世界が単なる孤独の代名詞でないためには、人は自分の眼で内部を見詰めなければならぬ。愛する事の方が愛される事よりも本質的に大事な点を見抜かなければならぬ。

内なる世界は、決して固定した、不動の、死んだものではない。それは常に生きて、流動して、外界の変化につれて次第に膨脹《ぼうちょう》して行くべきものである。それはそれ自身の成長を持ち、常により豊かになって行かなければならぬ。消極的な、他者からの打撃による孤独の場合に、この世界は活動をやめ、それ自らを鎖し、外界を見る窓を閉じる。このようにして内部に思いを凝《こら》すことも、勿論《もちろん》必要でないわけではない。が、その鎖された窓を再び開き、外界との関係を見抜き、この世界を発展するもの、流動するものとして捉《とら》えることの方が、常により大事である。

　この世界を孤独の状態から外に迸り出させるもの、この世界をより豊かならしめる動機、それが愛である。愛がなければこの世界は非活動的な、死んだ孤独にすぎない。愛は孤独と相対的な言葉だが、決してその反対語なのではない。愛の中にも孤独があるし、孤独の中にも愛がある。人が意識して生きようと思う場合に、僕等は絶えず心の中に二つのもののバランスを繰返す。無意識に生きることは、殆ど生きることではない。そして孤独を意識する時に、僕等は必然的に愛を求め、愛によって渇きを潤《うるお》そうとする。人は愛があってもなお孤独であるし、愛がある故《ゆえ》に一層孤独なこともある。しかし最も恐るべきなのは、愛のない孤独であり、それは一つの沙漠《さばく》というにすぎぬ。

釣のあと（挿話）

その日曜日の朝、釣に出掛ける彼の支度を手伝った者は、彼の娘ほどにも年の若い、女中ひとりだった。彼の妻も、一人きりの大学生の息子も、まだ眠っているらしく物音ひとつ立てなかった。女中は彼を見送りながら、門口で、お早くお帰りになって下さいませ、と言った。

その日彼は青梅《おうめ》線に乗って奥多摩まで出掛けた。谷のせせらぎには紅葉が影を落していて、他の釣師の姿は見えなかった。彼は適当な足場を定めて糸を垂れた。近くの岩の上で、流れの音を縫って、黄鶺鴒《きせきれい》がしたたるように鳴いた。

いつもならば彼は直に無我の境にはいって、釣糸の先に気持を集注することが出来た。彼は殆《ほとん》ど日曜日ごとに出掛けて来る川釣の常連だったし、三十年このかたこの趣味に凝っていた。あいつは細君よりも釣の方が大事なのだ、と人に言われたこともある。彼は自分を孤独な人間だと思い、人のいないところで静かに太公望をきめこむことの方が、店に出ている時や家にいて妻の相手をしている時よりも、よほど自分らしいと考えていた。しかしその日は彼はぼんやりしていて、つい食いついた魚を逃すことが多かった。思えばこの前来た時も、その前の時も、彼はぼんやりして何か別のことを考えていた。

彼は親譲りの家具の製作を大規模にやっていて、その方では広く人に知られていた。彼は若くて父親を喪《うしな》い、そのあと暫《しばら》くしてから母親の言いなりに結婚したが、その妻は初めから意外に我が強くて、彼の母親とは気が合わなかった。姑《しゅうとめ》と嫁とがいがみ合って彼を味方に引き込もうとする時、彼は次第に自分が厳正中立という名に隠れて、そのどちらにも無関心になって行くのに気がついた。子供が生れ、妻が育児に夢中になると、おばあちゃんも孫を猫可愛《かわい》がりに可愛がった。二人は今度は赤ん坊の愛情を奪い合った。子供が成長して行くにつれて、彼は自分ひとりがのけ者であるように感じ、子供のしつけのことで妻と姑とが争うのを、他人の子供のことのように眺めていた。おばあちゃんが死んだあと、彼の妻が今度は大っぴらに家庭を支配した。彼は黙黙として店に出、休みの日には釣竿《つりざお》を携えて郊外へ出掛けた。川の表を吹いて来る微風に、彼は胸をふくらませて大きな呼吸をした。魚の鱗《うろこ》が水滴をしたたらせて銀色に閃《ひらめ》く時、彼の眼は生き生きと輝いた。

彼が関心を持たなくなるにつれて、家の中の空気は次第に荒廃した。彼の妻は勝手に出歩くようになり、息子の方もしようのない我儘者《わがままもの》であることが分って来た。彼は妻には叱言《こごと》を言うこともなかったが、息子とはゆっくり話し合おうとした。しかし生意気な大学生は、自分勝手な理窟《りくつ》をこねて父親の意見を鼻であしらった。彼は世代の違いというものを感じ、干渉することを諦《あきら》めた。

その日彼は、自分がいつもの釣の気分からまったく遠いところにいることに気がついた。彼が考えているのは別のことだった。このところ彼はずっと胃の具合が悪くて、たびたび医者の診断を受けに行ったが、昨日、病院の専門医から、少し手厳しい注意を受けた。癌《がん》ではありません、多分、と医者は言った。その表現には微妙なニュアンスがあり、医者の翳《かげ》のある表情が、彼にはかえって不安な余韻を残した。多分、癌です。そう言われたのと同じような効果が、医者の少し横にそらせた視線、言ったあとの固く嚙《か》みしめた唇に、残っていた。彼はより精密な検査を約束されて帰って来た。

彼は川っぷちの木立の間にはいり、草の上にごろりと横になって、惜しむように一本の煙草《たばこ》をくゆらせた。彼が今、考えているのは病気のことではなかった。うかうかと過ぎて来た彼の五十年の歳月だった。

彼は誰も愛したことがなかった。そして愛されたこともなかった。結婚する前に知っていた女もなく、結婚の後に知った女たちも愛していたからというわけではなかった。妻をも愛しているとは言えず、息子もまるで他人のようだった。母親が死んだ時に、これからはもう母親と妻との口汚ない言い争いを聞くこともないと考えて、ほっとしたのを覚えている。彼は母親を愛していたと自分に言い聞かせることが出来なかった。記憶の中を探ってみたが、もし彼に少しでも愛があったなら、あの時ちっとは積極的なこともしただろうと思うようなことばかりだった。少くともどちらかを愛していたのなら、どちらかに味方していただろう。厳正中立ということは、責任の回避に他《ほか》ならなかった。

彼は愛されることによって報いられることもなかった。彼はおざなりの愛情しか知らず、心の中が空虚でそれを充《みた》すものが何もないことを痛いほど感じた。彼はまた立ち上って、岩の上から釣糸を投げた。自分が愛を求めている一匹の魚のような気がした。しかし魚は釣針にかかっては来ず、注意はまた別の方へ逸れた。その時彼が思い出したのは、今朝、彼を見送ってくれた若い女中のことだった。

その日彼はいつもより早く引き上げた。まだ幼な顔を残している女中は、いそいそと彼を出迎えた。彼にやさしい声を掛け、思いやりのある態度を見せてくれるのは、いつでもこの女中ひとりきりだった。妻も息子も出掛けていて、夜になっても帰って来なかった。彼は女中を相手に、好きでもない酒を飲んだ。それが身体《からだ》のために乱暴なことはよく承知していたが、この何ものともしれぬ寂しさは他に慰めようがなかった。若い女中はいつもやさしく、この時も素直に彼の相手をつとめた。彼の心は次第に激して来た。

彼はその寂しさをなかば独り言のように訴えた。もっと別の、平和な、暖かい家庭、彼の求めていたのはそうした、ささやかな愛の上に立つ家庭だということを。女中はおとなしく聞いていた。彼はその白いやや無表情な顔と、すんなりした身体つきとを眺めていた。彼はもっと効果のある言葉を狙《ねら》って、自分は癌なのだ、と言った。女中は驚き、眼に涙をためて彼に縋《すが》りついた。彼は心の中が暖かく溶けて行くような、嘗《かつ》て知らぬ甘美な気持を味わった。言葉は彼の口から続いて出た。彼は酔っていることを感じたが、それは酒のせいなのか言葉のせいなのか、自分にも分らなかった。しかし彼がこんなにも真剣に愛の言葉を口にしたことは、今迄《まで》に一度もなかった。

彼がふと気がついた時に、女中は泣きながら聞きとりにくい言葉を呟《つぶや》いていた。御免なさい、と言った。悪い気じゃなかったんです、と言った。申し上げようと思っていたけど、言う折がなかったんです、とも言った。彼は急いで訊《き》き直した。何のことだ？　女中は顔を起し、お坊っちゃんが、と言いかけて絶句した。彼はその時相手の眼が、苦痛を抑えてきらきらと光ったのを見た。それは真剣に愛している者の眼、若い、ひたむきな感情を露出している眼だった。彼には分った。急にあたりがさむざむと白けて見えた。彼は自分がひどく慌《あわ》てているのに気がついた。彼は言った。

「そうか、それは知らなかった。お前たちのことは私が何とかしよう。それに今晩のことは冗談だよ。私は癌でも何でもないんだ、ちょっと悪い冗談を言っただけさ。家の者たちにはどうか黙っていておくれ。癌じゃないんだから。お前をびっくりさせて、本当に済まなかったね。」

エゴ

人は生れながらにして、孤独を持つのと同様に、必ず愛を心の中に持っている。愛とは、心の窓を外側から照し出す光のことではない。愛はそれ自体が仄明《ほのあか》るく燃え続ける内部の焔《ほのお》である。赤ん坊がひとり無心に戯《たわむ》れているのは、その内部に自然に湧《わ》き出した愛が充足しているからだ。赤ん坊は周囲のあらゆるものを愛しているし、あらゆるものから愛されている。赤ん坊はまず何よりも自己を愛するが、それは他者との比較に於て見られた自己ではない。その充実した内部では、外界との落差はない。

子供は成長し、中心にエゴが育ち、それが大きくなるにつれて、エゴの眼で外界を眺め始める。もし子供が依然として自己を愛するとすれば、それは他者よりは自己を選んだので、それをナルシスムと呼ぶことが出来る。とにかく何かを愛さなければいられないほど、それはごく自然な要求なのだ。子供は母親を愛し、姉妹を愛し、友達を愛するだろう。もし憎むとしても、その憎しみさえ愛することの変形なのだ。

愛することの中に序列があり、対象と自分との間に距離を測定し、愛することと愛されることとの量を比較するようになるのは、エゴが働くからだ。子供の場合、内なる世界は貪欲《どんよく》に外界を吸収しようとする。彼はすべてを自分本位に位置づけ、あらゆる愛を独占しようと試みる。そうした無邪気な試みは、必ずや躓《つまず》くだろう。お母さんはお勝手が忙しく、姉さんは遊びに出掛け、友達は意地悪ばかりするだろう。エゴがまず傷つくのはそうした時である。

僕等は子供の時に傷つけられた経験を何度も重ね、次第に孤独を意識し始める。こうした時、孤独とは簡単にエゴの不満足な状態なのだ。しかしその状態は自然ではないから、子供の内部にある欲求は一層強くなり、その度に受ける傷は一層深くなる。子供は自分以外に自分を支える武器を持たず、大人のように外部にそれを転位することが出来ないから、その孤独は大人の孤独に較《くら》べて、常に理解しがたいほど暗く絶望的なのだ。子供が泣くように大人は泣くことが出来ない。もし子供に、愛というものは自然に充足するものだという無意識の慰めがなかったなら、彼等はとうてい内部の暗さに耐え切れないだろう。子供は孤独が怖いからではなく、自然の志向として愛することを求めているのだ。

子供は手近なものから始める。子供が愛するのは常に観念化されたその内容である。母親を愛する時、子供ほどのレアリストはいないとしても、母親の存在は抽象化された母親一般なのである。彼等は実在の、また架空の英雄たちを愛するが、その観念の中には自己をそこへ同化させる試み、というより愛する対象を内なる世界へ引き込もうとする試みがある。子供の愛の対象は普遍化されたもの、やさしさとか、強さとか、悲愴《ひそう》さとか、友情とかいったものの人格化である。エゴは独占を望むとしても、しばしば対象を観念の形で見るから、或《あ》る意味ではそれは世界のひろがりのための本質的な要求であることが多い。こうして内なる世界がかなりの程度のひろがりを持つと、今迄の普遍的、一般的なもののみでは満足がいかなくなり、彼ひとりのための、特殊の存在を要求するようになる。そこに、異性への愛が始まる。

正常な成育の間に、異常とも見られる場合が起ることがある。ナルシスム、母親コンプレックス、姉妹コンプレックス、そして同性愛である。これらはすべて異性への愛に至る道程に位置づけられるが、必ずしも異常性慾とばかりは片づけられないだろう。それらの場合は、普遍的なものとして抽象づけられるべき周囲の対象が、特に具体的に、魂の内部に定着されたことを意味する。それは肉体が病んだのではなく、魂が本来の機能を喪《うしな》って病んでいるのである。観念化が自然に行われれば、こうしたことは起る筈がない。観念化ということは、特殊の対象を求める異性への愛にあっても、常に行われているので、人は決して性慾のみに動かされて、愛したり望んだりするわけではない。愛は医学や、生理学や、心理学だけで、これを律することは出来ない。

星雲的

内なる世界は常に外界を抽象化し、それをさまざまの観念として内部に保存する。子供は成長するにつれて、このような抽象的、普遍的な愛で充《みた》される。肉親とか、友人たちとか、隣人とか、そうした他人への愛は、彼の中に潮のように満ちたり引いたりしながら、孤独の砂浜を濡《ぬ》らしている。彼は渚《なぎさ》にあって遠い沖の方を望み、この足《あし》許《もと》を濡らしている波ではない、もっと危険と冒険と期待と夢とに充ちた海へ、出掛けて行きたいと思う。彼が望むのは処女なる海、もっと遠くにある、彼のまだ知らない魂の荒潮である。

青春の初めに、人は自己の内部が充実しているのを感じながら、しかも同時に孤独を感じる。足許の乾いた砂は、それがしずかな肉親の愛や友達の愛でしょっちゅう洗われるために、かえって一層乾いて感じられる。愛というのはこういうものではない筈《はず》だ。こんな極《きま》り切った、生ぬるい、誰でもが感じるようなものではない筈だ。もっと心を揺ぶり、内なる世界を爆発させるほどの魂の火花である筈なのだ。彼はそう考える。その時の彼の内部は、渾沌《こんとん》とした矛盾に充ちている。彼は周囲の人々を愛しているが、しかしその愛に不満なのだ。自分の孤独を靭《つよ》いものに感じながら、しかもその孤独に耐えられない。彼の魂は謂《い》わば星雲的であり、それは渦巻きながら、早い速度で観念の宇宙を翔《かけ》って行く。誰でもいい、誰か特殊の対象を、異性を、求めながら、大空を掠《かす》めて行く。しかし誰でもいいということは絶対にないのだ。恋愛が色情に基くものでなく、それが魂の欲求に基く以上は、対象は先天的に定められた或《あ》る一人、宇宙のどの方角でもない特定の或る一角へ向けて、翔って行かなければならない。彼の求めるものは今迄《まで》に知ったような一般的な愛ではなく、必ず特殊の、未知の、対象であるべき筈だ。

　しかし彼は、子供の時以来あまりにも抽象化された愛に馴《な》れすぎている。彼はそうした一般的、普遍的な愛の延長に、自分の愛、まだ対象の定まらない愛を、それ自体の情緒として愛することがある。謂わゆる恋を恋するという状態である。それはしかし夢想的な、生ぬるい孤独というにすぎず、本来なら、定まった対象が馴れるに従って一般的なものに抽象化される筈なのに、そこでは一般的な観念のみが先行して、対象がこれに伴わない。それは殆《ほとん》ど自己満足に近い。愛すべき対象がない以上、必ずや尖鋭《せんえい》な孤独の棘《とげ》が魂を突き刺し、彼の神経を過度に敏感な状態に置く筈なのだ。しかるに彼は、自分の恋愛に対する受入れ体制が整っていることに満足して、真に愛することの基盤である孤独の意識を自ら棄《す》て去るのである。そのような時、この星雲的な恋愛状態にある青年は、多くの可能的な恋人たちの幻影を、謂わば最大公約数的に愛しているので、その幻影が彼の内なる世界を水まししして薄めていることに気づかないのだ。一人の恋人を愛する場合に、そこにあるのは孤独と孤独との対立なのだが、彼がこのような状態にある限り、向う側にも孤独はなく、自分の側にも孤独はない。そして彼は次第にこの状態に耐えられなくなるだろう。彼の求めるものは、波打際《ぎわ》にあって遠い潮風に吹かれることではなく、自ら沖へ出て飛沫《しぶき》に頰を濡らすことだ。内なる世界が成長し、孤独がそれ自体の靭さを持つようになれば、その孤独は何ものかの欠け落ちた状態として彼に認識されるだろう。自分の魂とは違った魂の声が、その空虚を埋めなければならないと知るだろう。彼は待つ。しかしどこに彼のための、唯《ただ》一人の、運命の約束した恋人がいるのだろうか。彼は多くの異性に会い、その一人一人に無意識の計算をし、ああでもないこうでもないと考える。小さな結晶作用が生れては死ぬ。彼が対象を特定の一人として納得するために、判断の基準をなすのは常に彼自身の孤独である。この孤独が受け入れなければ、どんな美人も何の関りもない。愛の始まりには多くの偶然が作用するが、どのような愛の場合にも、そこに神秘の影が射している。二つの異った孤独と孤独とが接触する時に、海の上の蜃気楼《しんきろう》のように、沙漠《さばく》の中のオアシスのように、忽然《こつぜん》と愛が生れて来る。

神秘

愛はその初めに於《お》いて常に神秘である。しかし人はその神秘に騙《だま》されてはならぬ。

或《あ》る男が初めて一人の女に会う。彼の思考の大部分は急激にその女のことで占められ、彼は寝ても覚めてもその面影を追い始める。彼女と顔を合せることがあれば、彼は自分が平常の自分とどこか違っているように感じ、この違和感を、彼が愛していることの証拠のように考える。確かに彼が熱烈に愛していることは、彼自身の問題であって、相手の女が自分の愛に応《こた》えてくれることとは関係がない。いな寧《むし》ろ、相手の女が冷やかであれば一層、自分の中の愛が自覚されるような気がするのだ。これが唯一《ゆいいつ》の、人生でただ一度の、絶対的な愛だと彼は考え始める。しかしなぜこの愛がほかの愛と違うのか、なぜ今愛しているこの女が無数にいるほかの女たちと違った対象でなければならないのか、それを決定するものは何もない。彼はただそう思う、そう信じるだけだ。愛は計算することが出来ないから、彼はこの愛を無限大だと信じ込む。

一体初めにあるものは何だろうか。その女の眼とか、唇とか、髪とかいうものか。

その歩みぶり、その身のこなし、或《あ》いはその声、その口の利《き》きよう、その話の持つ智的な、情的な内容なのか。それともその瞳《ひとみ》に輝く光、親しげに洩《も》らした微笑なのか。更にはそういったすべてを綜合した人格、或いは内部に潜んでいる魂、例えば心の美しさとでもいったようなことなのか。その女の属している環境とか身分とかいうものも、同様に作用するのか。——要するに、それは分析の出来ないものだ。初めにあるのは、具体的な、隅から隅までデータのそろった、完成した報告書なのではない。その殆どが未知に属し、自分の主観によってしか解き明して行くことの出来ない、一つの謎《なぞ》なのである。それはまだ頁を切ってない新しい書物に似ている、中をぱらぱらとめくってみただけで必ずや面白そうだということは分るが、しかしそれを終りまで読むのでなければ結論を云々《うんぬん》することは出来ない。その書物の正確な内容は、本の装幀《そうてい》や、紙質や、活字の大きさとは関係がない。従って愛は、恰《あたか》も頁を切らない本についての僕等がその真の価値を理解できないように、本来、持続によってしか捉えることの出来ないものである。

しかし当然のことだが、愛は書物とは違うし、この比喩《ひゆ》は全面的に正確ではない。愛の場合には、表紙を見ただけで内容が分るというふうな、第一印象が恋人どうしの運命を決定したという例が尠《すく》くない。但しその例は多く文学的であり、その公式に従えば、見知らぬ二人がぱったりと出会い、相互に熱烈に愛し合い、それから不幸な事件が起って、二人のうちのどちらかが熱の醒め切らないうちに死んでしまう。文学というものは悲劇を好むし、悲劇の中では恋人どうしは長い間念入りに愛し合うだけの時間を持たない。しかし現実に於ては、第一印象による愛の目覚《めざめ》は、持続の中でゆっくりと真の愛にまで高まるか、或いは空《むな》しい幻影となって消滅してしまうか、とにかく発端だけではきまらないのだ。仮にロメオとジュリエットが幸いにも結婚できたとすれば、家風に合うとか合わないとかいうようなことで早速にも夫婦喧嘩《げんか》を始めたかもしれない。離婚したかもしれないし、夫婦喧嘩によって一層愛し合うようになったかもしれない。そういう方が日常では寧ろ自然なのだ。

従ってこれを極端に言うならば、初めにあるものは多く錯覚である。文学に於ては、ぱったりと出会った二人の男女は必ずや愛し合うように運命づけられているが、現実では反対に僕等が運命をつくって行くのである。しかも僕等は、恋愛というものをしばしば文学的、詩的に見がちだから、ありもしない神秘をそこに加え、自ら陶酔する場合もあり得る。僕が、騙されてはならぬと言うのはそのためである。それにも拘らず、現実に於ても文学に於けるのと同様に、神秘的な最初の出会というものはある。識《し》らない人間どうしが何等かの理由によって心を惹《ひ》かれ、その第一印象が二人の運命を決定したということもないわけではない。それは一体なぜなのか。いまその理由について考えてみよう。

虚像

人が生れながらにして心の中に孤独を持ち、またそれが愛によって埋められることを先天的に知っているとすれば、当然彼の内部にはその愛の予感のようなものがあるだろう。それは彼が母親や姉妹に対して抱いた幼い愛の原型から想像され得るものだが、彼にとっては未《いま》だ予感としてしか察知されず、たとえ今までに幾度か恋愛らしいものを経験したとしても、精神が全的に満足させられることのなかった未知の領域なのだ。そしてこの予感は、それがどのような形になって現れて来るものか自分にも分らないままに、次第に成長する。しかしそれは愛の予感であって、愛ではない。彼の心の状態は依然として欠け落ちた状態であり、孤独の中で愛を待ち望むというにすぎぬ。しかし今や、一種の期待、——自分の孤独に合せて、この愛の予感が作り上げた、不確かな、焦点の定まらぬ、永遠の恋人の肖像のようなものが生れて来る。それは具体的な姿かたちを持つことはないし、彼は自分でもそれを説明することが出来ない。しかしこの幻影は彼の後ろに心の影のようについて廻る。それは謂《い》わば彼の孤独から生れ出た愛の虚像であるが、彼はそれが現実にどのような形をとって現れるのかを知らない。

彼は多くの女に会うが、しかし彼の待ち受けているその女はただ一人である。その女の一体どこが他と違うのか、その女のどこに惹《ひ》かれたのか。思うにその動機をつくるものは、どんな簡単なことでもいいのだ、その髪の黒さでも、その瞳《ひとみ》の明るさでも、その声の若々しいはずみでも。ただそれが彼の持つ虚像と一部分でもぴったり重なり合えば、彼は思わず立ち止り、そこで自分の時間の中に停止してしまう。

しかし大事なことは、彼の心の中の虚像と、現実に出会った一人の女の何等かの特徴とが、その時一致したということではない。その場合に彼の時間が停止することである。なぜならば虚像というものは全然不正確不明瞭《ふめいりよう》で、自分自身にもよく正体の摑《つか》めていないものなのだし、僕の恋人たるものは必ずこれこれの条件通りでなければならぬと予《あらかじ》めきめてあったとすれば、それはあまりにナンセンスだ。彼の虚像に紛らわしいような女は沢山いるだろうし、また事実、どの女もそのごく小部分だけは彼の虚像に似ているのだ。彼はその度ごとに、無意識的に立ち止って心の中を覗《のぞ》き込んでいるのだ。ただ、どの場合にも、常に時間が停止するとは限らず、彼は直にそのことを忘れて、また周囲の、凡庸な時間の中に紛れ込んでしまうだろう。

真の愛が目覚める場合、そこに起るのは彼の内部への凝視である。眼の前に現れた一人の女によって、彼の中の虚像が遂に鮮明なイメージとして成立する。そしてこの新しい対象を通して、彼は自己の内部をありありと見る。つまり彼は今までにも充分すぎるほど自己の孤独と向き合っていたのだし、そこに幻影を描いたり消したりしていたのだが、しかし今此所《ここ》に一つの対象、一つの光源が現れるまでは、この孤独の荒地をはっきりと見定めることが出来なかったのだ。今、光源が虚像に当って一つの実像を作り、更に孤独の上に投影して、不毛の沙漠《さばく》を照し出す。恰《あたか》も肉眼で見ていた月の表面が、望遠鏡によって岩だらけの、荒々しい姿を映し出されるように。時間が停止するのはその時である。そしてそこから、この孤独の認識、この実存の感覚が、逆に虚像を通して新しい対象の方へと迸《ほとばし》り出て行く。彼はそして自己の孤独を明かに見詰め、この荒地をその隅々まで照し出してくれた光源を、孤独との関係に於《お》いて、望むだろう。この新しい光源も、また一つの孤独であるかもしれぬ。しかし彼にとって必要なのは、草花が太陽の方向に顔を向けるように、彼の中の孤独を鮮かに映し出してくれた光源なのだ。それが彼の内部にあった虚像を鮮明な実像たらしめ、彼の内部の空白を明かに認識せしめたものである以上、彼は今や自己の内部の状態をはっきり知るとともに、この孤独の不満とするものをも同時に知るのである。

時間が停止し、彼は内なる世界に閉じこもって、同時にこの孤独を見詰め、同時にこの孤独を恐れる。彼に必要なものは、他者からの愛によって沙漠を潤《うるお》すことではなく、沙漠を沙漠として認識しつつ他者への愛の中に自己を投企することである。しかし自己の内部の荒々しい光景をあまりにもまざまざと見詰めた（或《あ》るいは見詰めさせられた）彼は、しばしばその恐ろしさに自ら眼をつぶり、その光源の中に盲目的に自己を投げ込んで、火取虫のように身を焼こうとするかもしれぬ。愛が錯覚を生み易いのはその点である。

花火（挿話）

彼は下町の或《あ》る大きな酒問屋の三代目だった。店は父親と番頭とによって手堅く営まれていたから、彼は店の手伝をしながら大学まで卒業した。父親にとってこの一人息子は希望そのものだった。性質の明るい、小才の利《き》く、どこに出しても恥ずかしくないこの若旦那《わかだんな》を、父親は自慢のたねにし、息子は下町の古い問屋の主人にしては少しも封建的な臭味《くさみ》のない父親を愛していた。父親はそろそろ息子の嫁のことを心配し始めていた。

春先きの或る晩、息子は大学の同窓会の帰りに、やはり下町に住んでいる友人の一人に誘われて、彼の家からほど遠からぬところにある小さな汁粉屋にはいった。

「君はこの店を知らないのかね。君みたいに酒を飲まない男が、」と友人が言った。

「そんなにうまいのかい？」

「今に分る。」

小ぢんまりした汁粉屋は客がたてこんでいたが、友人は器用に席を取ると、給仕の小娘に、君ちゃんは？　と訊《き》いた。店の奥から愛想よく現れたのは、彼等と同じ年頃の、和服のよく似合った娘だった。新しいお客さんを連れて来たよ、と友人は言った。

その君ちゃんという娘が友人と世間話をしているのを側《そば》で聞きながら、彼はぼんやりと娘の顔にみとれていた。

「どうなさったの？」

そう言って、娘が彼の方を振り返った時に、彼は自分が汁粉に箸《はし》もつけず、ぼんやりと夢想に耽《ふけ》っていたのに気がついた。

それから運命がまるでそういう悪戯《いたずら》を目論《もくろ》んでいたかのように、彼は君ちゃんと急速に親しくなった。娘の手一つで汁粉屋を経営して引《ひけ》を取らないほど、気丈な、男まさりのところがありながら、素直な性質を失わない、やさしい娘だった。彼は、まるで多年恋い焦《こが》れていた恋人のように、直に彼女に夢中になったし、君ちゃんの方でも彼を見る眼は他人に対するのとは違った。彼はちょっとした合間を見つけては汁粉屋へ会いに来た。店の混んでいる時間には、いくらゆっくり汁粉をすすっても、彼女の顔をちらりと見るのが関の山のこともあった。同窓会の帰りに彼を誘った友人が、そんな恋愛をしていると胃病になるぜ、と彼をひやかした。その友人には、彼の真剣なことが分らなかった。

二人が識《し》り合ってから数ヶ月が過ぎて夏になった。川開きの晩に、二人はしめし合せて花火を見に出掛けた。

「僕はいよいよ親父《おやじ》と談判してみるつもりだ、」と彼は言った。

「結婚のこと？」

「勿論《もちろん》だよ。君だってまさか、僕が一時の気紛れで君を好きなんじゃないことぐらい分っているだろう。」

「それは分るけれど、でもあたしなんかとても駄目よ、あなたのとこは立派な問屋さんだし、あたしは……。」

「君もいやに古風なことを言うね、うちの親父は大丈夫だ。親父はあれでなかなかロマンチックだから、君がお汁粉屋しているなんてことは問題じゃない、女一人が立派に自活しているんだからね。」

「でもあたし、結婚なんかしなくてもいいのよ、花火のようにぱっと開いてぱっと消えても、それが美しければそれでいいわ。」

大輪の花が夜空に開き、その花片の一つ一つが大川の漣《さざなみ》にきらきら光りながら砕け散った。人々の喚声《かんせい》が舟音に混って川の上を流れて来た。

父親は息子の不意な話を頭からはねつけるようなことはしなかった。

「お前それは本気なんだね？」と念を押した。息子はその父親の顔色に希望を読み取ることが出来た。

「では私が一度その人に会ってみよう」と父親は言った。

数日後に、大川端の見晴らしのよい或る料亭の二階に、父親は息子がその恋人を連れて来るのを待っていた。灯ともし頃で、あるかないかの風が柳の枝を吹き返した。娘の顔を見た時に、父親はかすかに驚いた顔をして腰を浮そうとした。しかしすぐに気を取り直した。娘は丁寧に初対面の挨拶《あいさつ》をした。

それから娘はぽつぽつと身の上話を始めた。生みの父親を知らないこと、その間の事情を詳しく聞かせてくれるひまもなく母親が不意に心臓を煩《わずら》って死んだこと、あかの他人の間でいろいろ苦労をしたことなどを。父親は感動したようにいちいち頷《うなず》きながらその話を聞いていた。夕食が終り娘が先に帰ったあと、息子は父親に、どうでしようか？と訊いた。父親は夕闇《ゆうやみ》の濃くなった川の面を眺めながら、一声、うむ、と頷いた。父親はその他に口を利かなかった。

翌晩、父親は一番番頭をひそかに呼び寄せて内密の話を始めた。それは先代から仕えている、年老いたこの店の白鼠だった。

「お前さんもよく覚えているだろうが、あれは丁度私が今の伜《せがれ》ぐらいの年頃のことだったな。私が或る芸者と深い仲になり子供まで生れそうになって、先代やお前さんたちにきつい意見をされた。それで生木《なまき》を裂かれてしまった。」

「へい、あの時は亡《な》くなった大旦那さまから、私が厭《いや》な御使者の役目を申しつけられて、手切金を持って行きやした。」

「そうだった。ところで私は昨日、その時腹の中にあった子供に会ったよ。可哀《かわい》そうにあの女は若くって死んだが、娘の方は、私の知らない間に、立派に成人していたものだ。そこまではいいのだが、選《よ》りに選ってうちの伜が一緒になりたいと言っているのが、その娘なのだ。」

「まさか間違いじゃございますまいね?」

「間違いじゃない、母親の方と瓜《うり》二つだった。一体どうしたもんだろう?」

父親は蒼白《そうはく》な顔をしてわなわなと顫《ふる》えていた。

「そりゃあどうするって、本当のことをおっしゃって思い止まらせる他には、」と番頭が言った。

「私が心配なのは、伜は一本気だから早まったことをし出かしはしないかと思って。」

父親はそう言ったなり、眉間《みけん》に太い皺《しわ》を刻んだまま黙然とさし俯《うつむ》いた。

しかしこの話は実にあっけない終り方をした。父親が自分が死ぬほどの大決心をして、昔の自分の過《あやま》ちを息子とその恋人とに打明けた時に、この二人ははじめ狐《きつね》につまれたような顔をしたそうである。息子はなんだ妹か、と言った。娘の方は泣き笑いをした。父親の心配していたような、何等の波瀾《はらん》も起らなかった。

父親はその後、娘を引取って、充分な支度をしてやった上で、相当なところに嫁にやった。

時間

愛し始めた人間は、客観的な時間とはまったく別の次元の中で、彼自身の時間を生き始める。最初の出会に於《お》いて時間は停止し、それからこの時間はゆっくりと内密に動き始める。

孤独というものは停止した時間である。人が自らの内部を覗《のぞ》き込む時に、荒涼とした内的風景は、水も、空気も、樹木もない月世界の風景のように、成長する時間を持たない。それは不毛の状態であり、長くこの孤独を見詰めることは、一種の眩暈《げんうん》に似た恐怖を人に起させる。しかし生きて行くためには、人は厭《いや》でも時々は内部に眼を凝《こ》さなければならぬ。彼が理想の恋人を得たと思い、心の中の虚像との一致に驚き、思わず自己を忘れる時に、彼が放心して振り返るのはこの孤独である。しかしこの状態は長くは続かない。彼はちらりと見た自己の孤独を恐れる。彼は反射的に新しい対象の中に逃れようとする。いったん停止した時間は、徐々に動き始める。しかしその時間とは、最早《もはや》外部の時間とは関りのない、彼に固有の時間であり、彼の愛が純粋である限り、等質の密度を保って無限に続くべき筈《はず》の時間である。

　愛することによって、彼の内部にどのような変化が起ったのだろうか。孤独は本来、時間の停止した、不毛の、何ものをも生み出さぬ沙漠《さばく》であってはならない筈だ。今や彼は、愛する対象を得たと自覚することによって、初めて、この沙漠を緑地と化す可能性を見出す。彼が光を求めるのは、その光によって内部を照し出すためだけではない。光によって内部の地質を変え、豊饒《ほうじょう》な沃野をつくることが出来ると思うからだ。光を所有することで自己を改造したいという欲望、それが愛である。

　しかし大事な点は、あくまで対象を所有しようとする彼の精神の行為にあるので、愛されることによって、内部の孤独がその様相を明るく変えたことにあるのではない。光を受けて孤独が緑地と化すかどうか、それは彼には分らない。ただその可能性がある以上、彼は自己の孤独をそこに投企する。もしこの可能性が潰《つい》えたならば、彼の孤独は一層暗澹《あんたん》たる様相を呈するだろう。その危険は彼には既に分っている。愛することとは常に危険を孕《はら》んでいる。それは一種の賭《かけ》、失敗の懼《おそ》れを多分に含んだ、しかしひょっとするとこの孤独から逃れて、魂の安らぎを得ることが出来るかもしれぬ賭である。従って愛することは、常に賭をする者の不安と危懼《きく》とを彼に与える。そこでは時間はしばしば停止し、彼はその度に自己の内部を覗いて孤独の風景をたしかめる。まるで自己の孤独が、愛するということの保証でもあるかのように。絶対的に相手の心を捉えているという自信があっても、愛する者は尚この不安から逃れられない。なぜならば、孤独は常に不安なのだから。

そして時間が過ぎて行く。スタンダールの謂《い》わゆる結晶作用が起り、それから、謂わば融晶作用とでも呼ぶべき反対の作用が起るだろう。愛の終ったところに時間も終る。愛の持続のなくなったところに、内部の時間もまた無いに等しい。それは死んだ孤独、魂の死である。従って人は、客観的な、一定の速度で進む時間とは別に、常に孤独の持つ内部の時計で時を測られている。この内部の時計はしばしば止りやすい。時を刻むに当っても、それは早くもなれば遅くもなる。しかしこの時計は、彼が愛する時に、それも彼が純粋に、ひたむきに、青春の熱狂的な恋愛の中で愛する時に、最も早く進むのである。

人は誰しも、彼の意識に固有な、それぞれの時間を持っている。愛する時に彼が望むのは、彼自身の時間と恋人の持つ時間とが一致することである。愛し合う二人に於てのみ、時間は純粋に同じ速度で進む。その早さが違っていることを意識すれば、人はその度に愛の中でつまずかなければならぬ。もし時間が一致していれば、この二人は愛の完全な調和の中にあるだろう。反対に時間がちぐはぐであれば、二人はおのおのの愛の違いを意識の上に照し出して、自分たちの愛の重みを量り直さなければならないだろう。愛は二人が時間を合せようとする努力の中にあり、しかも内部の時計はしばしば狂いやすいから、愛し合うことは一般に難しいのだ。愛の初めに於て人が熱狂的に、無我の状態で愛することが出来るのは、その時に、彼の内部の時間が最も純粋であり、同時に柔軟性に富むことによって、相手の持つ時間と一致することが多いからである。

初恋

初恋というものは美しいものだ。というのは、物語がすべて過去形によって語られるように、初恋は思い出によって語られるから。そして人がその初めての経験に感動するのは、初恋が本質的に観念的であること、あまりにも観念的であることに基いていよう。仄《ほの》かだとか、甘いとか、夢のようだとかいうのは、愛の現実の苦しみがそこに捨象され、性慾《せいよく》に関する暗い部分が故意に眼をふさがれているからである。記憶の醇化《じゅんか》作用によって、経験の中の不愉快な部分は忘却の中に沈み、ただその美しさ、——多少の悲しさや苦しさを含めた美しさのみが、誇張される。しかし青春の緒《いとぐち》で、初めて愛を経験し、全力をあげてこの愛の意味を探ろうとしている者にとって、それは単に仄かだとか、甘いとか言ってはいられないだろう。そこにはもっと重要な意味、人間形成の最初の足がかりという意味があるだろう。従って初恋は、渦中にある者の場合と、それを回想する者の場合とでは、同日の論でない。

初恋というのは人によってさまざまだが、多くその時期は青春の初め、その性格はプラトニック、その結果は不成功、と規定することが出来るだろう。

青春の初め、その内部が充実し、孤独がその不毛性によって恐怖を生み出し、愛が一つの救いのように思われて来る年頃に、人は異性を愛するという未知の経験の中に自己を投げ込む。彼が内部につくり上げた虚像は、今や一人の確実な対象を得て、明かな実像として認識される。彼はせっかちにこの愛の中に飛び込むから、少しぐらい虚像と対象との間に狂いがあったところで、そんな点は自分の方から眼をつぶる。極端に言うならば、彼は自分の虚像に恋をしているので、一度こうと思い込んだ以上は、対象のうちの何等かのイメージが虚像と違っていたとしても、それに不満を覚える代りに、虚像の方を新しい実像の方にずらして焦点を合せてしまう。例えば子供の頃から、憂《うれ》わしげな瞳《ひとみ》というものに憧《あこが》れていた男が、初めて愛した女性の、他の点はすべて彼の虚像に一致したとしても、その瞳だけは、笑いっぽい明るい瞳を発見したと仮定しよう。その時彼は、この不一致にあきたらず、彼の恋をやめてしまうだろうか。とんでもない。彼は自分の虚像の方を訂正し、自分が憧れていたのはこの笑いっぽい瞳だったと信じ始めるだろう。

初恋というものが観念的なのは、孤独からの初めての脱出が、多くこの愛するという抽象作用そのものを目的として、対象が肉体としてよりも精神として考えられていることの中にその原因を持っていよう。愛する者は相手の瞳や口や髪や手足のしなやかさなどに魅力を感じる。が、彼が所有したいものはそのような肉体の細部、そしてそれらを綜合する肉体である前に、まずその肉体を支配している相手の魂なのだ。更に観念的に言うならば、彼は自己の孤独を代償として、相手の孤独を獲得したいのだ。自己の孤独を恐れるが故《ゆえ》に、相手の孤独によってそれを豊かにし、自己の内部の空白を埋めたいと願うのだ。従って初恋は、性慾の発動よりも以前の時期に属し、そのために美的で清潔な印象を人に与えるのだが、しかし愛というものは本質的に観念の作用であることを忘れてはならぬ。その意味で、初恋はすべての愛の原型である。恋愛が性慾に基いた場合でも、その根本には、魂を所有するためには肉体を所有することが捷路《しょうろ》であるとする、一種の錯覚が働いている。

初恋はおおむね、淡々しく終りやすい。それはこの経験が、まだ若々しい魂に孤独を認識させ、愛の可能性を示し、一時的に孤独から脱出する方法を教えることに、その使命を持っているからだ。人はこの経験によって、自分が一個の精神、愛と孤独とを併《あわ》せ持つ精神にまで成長したことを自覚し、そこに区切りをつける。この間じゅう、彼は全力をあげて初めての愛の中に自己を投げ込んだのだから、彼は熱烈に人生を生きたという印象を受け、それに満足する。人は決して孤独から逃れることは出来ないが、後になって振り返って見る場合に、その当時の彼の内部体験の貧しさ、世界の狭さ、また従って愛することの純粋な靭さといったものが、極めて容易に孤独から愛へと自分の魂を移向させていたように思う。その頃はまだ、理性とか、俗習とか、虚栄心とかに邪魔されることもなく、自我の命じるままに、愛を愛として信じることが出来たからである。そして人は、経験の名札の一枚に、初恋としるして記憶の抽出《ひきだし》の中にそれをしまい込む。その初恋が彼の内部に対して持つ意味を、それほど深く考えもしないで。

細い肩（挿話）

東京の或《あ》る大学のサッカー部が試合のために大阪に遠征した。試合が終って選手たちはその晩の自由行動を許された。彼等は次の日の昼まの汽車で東京へ帰る筈だった。すると一人の選手が監督に申し出た。

「僕、夕方の汽車でちょっと博多まで行って来たいんですが。」

「ちょっとと言うけど、それじゃ明日中には東京へ戻れないだろう？」

「明日は駄目ですが、明後日の晩には戻ります。大丈夫です。時間表を充分に研究しましたから。」

「急行ででも行くのかね？」

「いいえ、鈍行と、それにせいぜい準急ぐらいです。何しろ金がありませんから。」

友人たちは、一体何の用があるのだと口やかましく尋ねたが、彼はにこにこしていずれ教えてやると言った。その足で大阪駅へ出掛け、京都を一九時一〇分に出た博多《はかた》行準急を摑《つか》まえると、見送りがてらやって来た友人たちに、それじゃさよならと言った。

　彼は約束通り、翌々日の晩東京へ舞い戻った。四五日経《た》ってから、友人たちに次のような話を聞かせた。

「僕はあの晩八時に大阪を立って、翌朝の一〇時半に博多に着いた。それからまっしぐらに彼女の家へ出掛けた。

「僕は、君等も知っているように、高等学校は福岡だ。その頃、僕は妹の友達の一人とすっかり親しくなった。断っておくが、向うの方でも僕に参っていたんだ。彼女は無口であんまりアプレ型という方じゃない。どっちかと言えば、古風な、恋患《わずら》いでもしそうなタイプだ。もっとも僕たちのを恋といえたかどうかは分らない。僕は夢中だったが、彼女はあんまりおとなしくて、頼りなくて、君は肩をつかまえて揺《ゆす》ぶってやりたいようだと、僕が言ったことがある。彼女はどうぞと答えたが、そんなこと出来るもんじゃないやね。

「僕が東京の大学へはいって上京して来る時も、僕たちは淡々として別れた。何か言いたいことが沢山あったんだが、彼女も黙っていたし、僕もあらたまったことは言えなかった。それからも帰省する度に会っていたが、僕たちはいつでも同じようだった。ただ一度だけ、君は相変らず肩を揺ぶってやりたいほど歯がゆいね、と言ったことがある。彼女は黙って笑っていた。

「つい二週間ほど前、彼女から手紙が来た。急に結婚することにきまったと書いてあった。それで僕は、試合で大阪へ行くから、その足で寄ると返事を出しておいた。

「僕が彼女を訪ねると、彼女もお母さんも一家をあげて歓迎してくれた。彼女はにこにこして、わざわざ来てくれて嬉《うれ》しいと言った。僕は昼飯の御馳走《ごちそう》になった。

「僕が一五時三〇分発の京都行準急で帰ると言ったら、みんなびっくりしたよ。そこで僕はそれだけしか時間がないし、急行や特急に乗るほどの金はないのだ、と弁解した。彼女だけが博多駅まで見送りに来てくれた。

「プラットフォームで、僕は彼女におめでとうと言った。彼女は困ったような顔をしていたが、やがて、お願いがあるのよ、と言った。僕が、何だい？　となにげなく訊《き》くと、あたしの肩を両手で揺ぶってみて頂戴《ちょうだい》、と言うじゃないか。僕はびっくりしたけど、言われた通り、両手を彼女の肩に置いて、揺ぶってやったよ。花車《きゃしゃ》な肩だった。そのあとで彼女は、あたしもっと早く、こうして肩を揺ぶってもらえばよかった、と言った。そしたら汽車が来たのだ。

「僕はその一五時半の汽車に乗り、下関あたりで夜になり、広島あたりで眠ってしまった。大阪へ着いたのは朝の五時過ぎだった。それから大阪発八時二二分の鈍行に乗るまで、フォームの上を往ったり来たりしていた。よっぽどもう一度博多へ引返そうかとも思ったんだが、今さらどうにもならないやね。それから鈍行に乗ってまた一日中汽車に揺られて、東京に着いたのは二三時だった。随分長い旅行をした。

「これが試合の後で、僕が一日おそく帰京した顚末《てんまつ》だよ。」

聞いていた友人たちは溜息《ためいき》を吐《つ》き、なるほどね、と言った。いつもはひやかすのが好きな連中も、口を噤《つぐ》んだなり何とも言わなかった。

人間的

僕は既に、僕等の内なる世界は、生れながらにして愛と孤独とを持っていると述べたが、このように二つを並べることで、愛がプラスの力、孤独がマイナスの力というふうな印象を与えはしなかったかと懼《おそ》れている。もしこの両者がプラスマイナスに作用し、ひとしく万人に与えられるような豊かな愛の力が、自分自身の内部の孤独をも常に潤《うるお》している、即《すなわ》ちその人の内部では、愛と孤独とが均衡を保っていると仮定するならば、その人は最早《もはや》他者を必要としないだろう。そうした場合は、偉大な宗教家とか聖人とかに見ることの出来るものだが、彼等にとっての他者とは、最早人間的な隣人である以上に抽象的な神であり、自己の内部の孤独は、常にこの神の状態を反映しているが故《ゆえ》に充足していると、彼等は自ら信じ込むことも出来るのだ。従って彼等はこの神と自己との間に、愛する対象を持つことが出来ない。というのは、愛は自己を他者の中に投企する試みだが、彼等にとってその自己が常に絶対者によって監視され制約されている以上、自己の意志のままに投企することは出来ないのだから。まさか神を愛することの証拠として恋人を愛するわけにはいかないだろう。すべて信じる者が他者を見る場合、相手を自分と同じく救われた人として見るか、或《ある》いは自分とは違っていずれ救われるべき予定の人として見るかの、何《いず》れかなのだ。もし彼に恋人があるとすれば、それは恋人と共に神の愛をたたえるためか、或いは自己の内部に充足している神の愛を基準にして、恋人を救い導こうとするかの、何れかの意図に出ているだろう。僕はそれを愛と呼ぼうとは思わない。絶対者の仲介するところに、愛がある筈がない。それはもっと別のものである。この地上にあるものは、常に不完全な、神のような一定の基準を持つことの出来ぬ、もっと惨《みじ》めなもの、——その場合ごとに異り、一定の方式とか作法とかの通りにはいかぬ、もっとやぶれかぶれのものだ。それが人間的な愛である。もし愛と孤独とがまったく均衡し、内部に何の苦痛も不安もなく、おだやかな平安の中に魂が眠っているのならば、その人に於《お》いて、生きていることの任務は殆《ほとん》ども終っているのだ。愛は他者のためのものであって、決して自己の孤独を埋めるためのものではない。他者からの愛によって、この孤独が埋められるとは限っていない。それはプラスとかマイナスとかいうことではない。

孤独は確かに生れながらにあるし、それは年齢とともに一層鋭く研《と》ぎすまされて行くだろう。しかし愛は単に可能性としてあるだけだ。愛は、対象を捉えようとする努力の中にある。孤独が自己の中心部へと向って、恰《あたか》も地面を掘り起して行くシャベルのように、少しずつ深まって行くのに反して、愛は恰も水素ガスのように、少しでも裂目を見つけて、絶えず逃げ出そう逃げ出そうとしている。このような内部の運動は、子供の時から、彼に与えられた性格、環境、道徳、美意識などによって方向づけられ、初めは無意識的に、後には意識的に、自分の好むままの方向を辿《たど》り、そこに固有の愛しかたを持つようになる。虚像と僕が呼んだものは、初めに自己の周囲へと盲目的に発散していた愛の運動が、今や一定の方向を持ったことから生れて来る。初めの状態はただの愛の可能性にすぎず、虚像がそれにふさわしい実像を結んで、特定の対象を持ち得た場合に、初めて愛と呼ぶことが出来るのだ。星雲的な状態は愛ではなく、抽象的な好き嫌いは愛ではない。愛は血の通った、生身《なまみ》の人間を対象としなければならぬ。神を愛するとか、ハリウッドの女優を愛するとかいうのは、意味をなさない。それは単なる魂の状態、心情の傾斜、といったものではない。そこに愛の、孤独とはまったく違った性質がある。

愛と孤独との関係に於て、孤独は常に双六《すごろく》の振出《ふりだし》である。が、愛は決して上《あが》りではない。骰子《さいころ》を振ることは誰にでも与えられている可能性だし、それが一定の方向に進むということも、人によってそれぞれ定まってはいるだろう。しかし、自分の思い通りに目が出るとは限らないように、双六のどの地点に彼のために約束された愛があるのか、人は知ることが出来ないのだ。現に夢中になって愛している恋人があるとしても、その恋人が絶対であり、過去にも、また未来にも、現在の恋人以上に愛する者はいないと、めったに誓うことは出来ないだろう。その相手が神のような絶対者なら、人は急いで神に誓うことも出来るだろうが、人間の場合には早まったことが言えるものではない。従って愛とは、何度も骰子を振りながら、ほぼ一定の方向を、しばしば後戻りをしてみたり、足踏をしてみたり、或いは廻り道をしてみたりしながら、少しずつ上りの方に近づいて行くその道程にあると、そう言うことが出来る。そして人が苦労をしてやっと上りに達してみた時に、そこにあるのはひょっとしたら振出と同じ孤独であるかもしれないのだ。しかしそのことを、まだ、此所《ここ》で早まって説明する必要はないだろう。

情熱

従って愛が単なる可能性にすぎない以上、それはしばしば躓《つまず》きやすいものだ。いな寧《むし》ろ、躓くことによって愛は意識されやすいのだ。愛の与える幸福は極めて単純であり、それはただ愛の幸福と呼べば足りる。幸福な状態というものは説明を要しないし、例えば御馳走《ごちそう》を既に腹いっぱい食べた人間が、更に素晴らしい山海珍味を持ち出されたとしてもいっこう食慾《しょくよく》が起らないように、それは人間の精神を麻痺《まひ》させる役割をしか果さない。これに反して愛の与える不幸は、恰《あたか》も空腹な人間がメニュの一つ一つを空想して一層腹を減らせるように、さまざまの陰鬱《いんうつ》なニュアンスを以て、例えば夢想、苦悩、不安、疑惑、嫉妬《しっと》、羨望《せんぼう》、憎悪《ぞうお》、等のそれぞれの感情によって、人の内部に鋭い傷を与える。しかも傷つけられたからといって、空腹が意志の力だけで充されるものではないように、思い切って愛するのをやめるということも出来ないのだ。それは阿片《あへん》のように、その毒性で美しい夢を描かせるから、一度愛に捉えられた人間は、容易に自己の理性を取り戻すことが出来ない。というより、愛することが人間の条件である以上、それは理性のうちに属しているとまで人は考えるのだ。愛は必ずしも崇高であり偉大であるとは限っていない。愛は人を高く飛翔《ひしょう》させるばかりでなく、時としては悪魔的な破壊力で人を地獄へ墜《おと》す。愛にはそうした二種類の働きがある。愛の持つ振幅の広さを表すためには、寧ろそれを情熱と呼んだ方がいいだろう。バルザックはその「人間喜劇」の序文の中に、「情熱は人類の全部である。情熱がなければ、宗教も、歴史も、小説も、芸術も、無益なものとなるだろう、」と書いているが、彼が情熱と言う場合に、愛はそのごく一隅を占めるにすぎず、その他にもさまざまの感情、自負心や、怨嗟《えんさ》や、絶望や、恐怖や、悔恨などが、名声慾、金銭慾、復讐《ふくしゅう》心《しん》などとともに、人間行為の一切の源泉をなしていて、それらはこの情熱の一語の中に含まれている。そしてこの「人間喜劇」なる題名が、初めは「悪魔の喜劇」として思いつかれていたように、情熱というものの本質は、人間的であるよりも多分に悪魔的なのだ。愛というものは本来は人間を高めるための比類のない動機なのだが、それはほんのすれすれのところに暗い深淵《しんえん》を覗《のぞ》かせていて、ややもすれば人は美しい幻影にまどわされて、この深淵に落ち込んでしまう。

　未来と過去とを現在と同じようにたやすく見抜くことの出来た古代神話のヤヌスが、双《ふた》つの顔を持っていたのと同じように、情熱という女神にも、善と悪、飛翔と堕落、希望と絶望という双つの顔があるに違いない。しかし他の情熱と違って、異性への愛に於《お》いて人が最初に認めるものは、他者への全的な共感、自己を疎外《そがい》した魂の迸《ほとばし》り、美への思慕といったものであるから、自《おのず》から人はこの女神の唯《ただ》一つの顔、その美しく光り輝く顔の方のみを見詰めて、影にある方の顔を見ることが出来ない。愛はそのロマンチックな幻想味に於て、ともすれば人に錯覚を与えやすい。しかしバルザックが「セザール・ビロトー」の中で言っているように、「愛は本質的にエゴイストな情熱である」から、このエゴイスムが盲目的に発揮された場合に、最初の顔がいつのまにか世にも醜い悪魔的な形相に変化していることもないわけではない。名誉慾とか金銭慾とかの場合には、それがエゴの活動であることが初めから明かなので、人は情熱が双面神であることを知っているが、愛はその見かけが美しいから、相手を愛することはエゴとは無関係な、寧《むし》ろ自己放棄的な行為であると錯覚しやすいのだ。しかし愛が情熱の一種であることは確かなのだし、愛が美しいか醜いかは、愛し合う二人の男女の間の、相互のエゴの分量に懸っていると言うことが出来る。

スタンダールは彼の「恋愛論」の中で、愛の発生について七つの時期を考えた。誰でもが知っていることだが、備忘のために控えておくと次の七つである。

一、見とれる。

二、キスをしたりされたりしたらどんなにかいいだろうと考える。
三、希望。
四、愛が生れる。
五、最初の結晶作用。（ここに結晶作用と呼ぶのは、呈出された一切の材料の中から、愛する対象の申し分のなさを更に新しく発見して来ようとする精神の作用である。）
六、疑惑が生じる。
七、第二の結晶作用。（そこでは、愛する者は絶えず三つの考えの中をさ迷う。第一、彼女はどの点でも完璧《かんぺき》だ。第二、彼女は自分を愛している。第三、彼女から更に確実な愛のしるしを得るにはどうすればよいか。）
こうした図式の中には、スタンダール特有の乾燥した皮肉な観察がうかがわれるが、スタンダールがザルツブルグの塩鉱で発見したこの結晶作用という原理は、必ずしも愛に於てのみ見られるのではない。彼が人間心理の偉大な観察家であったのは、人がうっかり見過してしまう次の一行のためであろう。

「怨嗟もまたその結晶作用を持つ。復讐したいと望むことが出来るようになると、人はあらためて憎み始める。」

即《すなわ》ち愛も怨嗟も、結局は同じ情熱の双つの面なのであり、そこに生れる結晶作用は、いずれも同じエゴの産物、謂わば幻視的なエゴの夢想なのである。

女　優（挿話）

彼がその女優を愛していることは、劇団の中で誰一人知る者がなかった。彼女はこの新劇の一座の花形女優だったし、彼はやっと研究生の域を脱して、役がつき始めたばかりのところだった。劇団の内部では、誰が誰を好きだとか、いやそうじゃない、近頃は誰さんの方に気があるとか、そういう埒《らち》もない噂話《うわさばなし》がしょっちゅう人の口の端《は》にのぼったが、そう言われている当事者たちの行動も、どこまでが舞台の延長で、どこまでが真実の感情に基いたものなのか、容易に見分けがつかなかった。というのも、この劇団には立派な演出家がついていて、その人が熱心な勉強家、厳しい教師として一座に君臨していたから、若い俳優連中は寝ても覚めても演技力を身につけるのに汲《きゆう》汲《きゆう》として、実際上の面でもその演技が次第に習い性となって行くようだった。そうなると、もう本当の感情は誰にも分らなかったし、それが彼のようにあまり口数を利《き》かぬ青年の場合には、噂の洩《も》れる心配もなかった。ただ稽古《けいこ》の時などに、彼がじっとその女優の動きを見詰めている鋭い眼指《まなざし》には普通でないものが感じられたのだが、それも彼の稽古熱心ということで、何げなく見過されてしまった。

しかし本人にとっては、この気持は真剣そのものだった。ただ彼は、それを早まって打明けようとは思わなかった。その女優が演出家といい仲であることは劇団の中では周知のことだったし、めったに演出家に筒抜けになったならば、もう役のつく見込はなかった。彼もそれをよくわきまえていたが、しかし彼が自分の心の感情をひた隠して打明けようとしなかったのは、決して打算的な気持からではなかった。彼はひそかに彼女の面影を心の中に追い求めて、さまざまの夢想に沈むことで満足していた。夢想の中での方が、彼女は一層美しかった。そういう状態が長く続いた。

公演の終った晩に、主だった連中が祝盃《しゅくはい》をあげに銀座へ出た。彼はさんざんに酔っぱらって、やがて或《あ》るバアの中で五六人の仲間と一緒に酒を飲んでいる自分に気がついた。一座の者たちはそれまでにもう別れ別れになっていたが、彼はふと、彼の愛している女優が別の或るバアで飲んでいる筈《はず》だということを小耳に挟《はさ》んだ。すると急に、彼女に会いたくてたまらなくなった。酔がすっと覚め、足の先が顫《ふる》え出したが、彼は仲間と別れて、名前を聞いたバアへと出掛けて行った。そこにも劇団の五六人の男女が屯《たむろ》していた。演出家の姿は見えず、彼の好きな女優が中心に坐《すわ》って、唇を尖《とが》らせておきゃんな口を利きながら、盛んに周囲の連中を笑わせていた。彼はするすると側へ寄り、彼女の前に立ちはだかった。

「まあ、あなたひとり？」と彼女は眼をあげて呼び掛けた。「よく此所《ここ》だって分ったのねえ？」

答の文句はひとりでに口をついて出た。

「それは恋の手引です。そもそも尋ねる心を促したのも恋なら、智慧《ちえ》を貸してくれたのも恋、僕はただ恋に眼を貸しただけなのです。僕は水先案内じゃない、けれどあなたという財宝のためならば、ジュリエット様、僕はきっと、どんな冒険でもしてみせます。」

あっけに取られていた連中は、彼の白廻《せりふまわ》しに思わず拍手した。一座は陽気に笑い転げ、彼は女優の隣に腰を下して、すすめられるままに酒を飲んだ。

次の日に彼は女優に会うのが恐ろしかった。しかし女優の方はしごく平気で、彼の白《せりふ》はただの座興としか思われていないようだった。彼は女優と二人きりになる機会を待ち、思い切って告白した。

「ゆうべの僕の白《せりふ》、まだ覚えていますか？」

「覚えているわよ、どうして？」

「あれ、僕の本心なんです。」

女優は暫《しばら》くの間、舞台の上ではとてもこうは間《ま》が持つまいと思われるほどの、呆然《ぼうぜん》たる表情をした。

「あたしはキャピュレット家の者よ、」と彼女は稽古場の方をうかがいながら訊いた。

「知っています。でもロメオにとっては、そんなこと問題じゃなかった筈です。」

それから二人の間が急速に熱くなった。演出家は当然、危険なティボルトであるに違いなかったし、劇団の連中も、例外なくキャピュレット家に属している筈だった。従って二人はその恋を秘密にせざるを得なかったし、秘密にすることが、「ロメオとジュリエット」を地で行っているような、ぞくぞくする興奮を二人に与えた。彼は幸福だった。自分が恋愛劇の素晴らしい主人公になったようで、現実というものは、舞台の上よりも一層舞台的だときめてかかった。それにこのロメオには、死ななければならぬ運命というものはなかった。

しかし彼の心の奥底の方に少しずつ疑いが湧《わ》き始めた。彼の愛している女優は、本当に、自分と同じ程度に、自分を愛してくれているのだろうか。彼女はもともと演出家を愛している筈だった。彼と演出家とのどちらの方に彼女の愛が一層重いのか、彼には見分けることが出来なかった。ひょっとしたら、自分はただの一時限りの玩具《おもちゃ》になっているのかもしれない。彼女の甘い口振りというものは、その全部が演技なのかもしれない。どうしてこんなにまで我々の仲を秘密にする必要があるのか。ばれたらばれたでいいじゃないか。しかし彼がどんなに口説いても、彼女は現在の状況を変えようとは言わなかった。

「あの人にばれたら、あなた劇団を出されてしまうわよ、」と彼女は言った。

「いいじゃありませんか。僕、働きますよ。此所《ここ》にしがみついていなくたっていいんだ。」

女優は青年の元気のいいのを優しい微笑で迎えた。しかしその微笑の蔭《かげ》には、あなたはそれでもいいだろう、しかしあたしは困るのよ、あの人が怒ったら、あたしの役を狙《ねら》っている若い女優さんたちに役を廻すでしょうからね、という苦い計算が混っていることに、彼は気がつくだけの余裕がなかった。

確かに女優は彼を愛していた。しかし一体そのどこまでが本当の、真剣なものなのか、彼にはますます分らなくなって行った。彼はもう自分が幸福だとは思わなかった。もし二人が、例えばロメオとジュリエットのように、命がけの恋で結ばれているのならば、演出家にはっきり打明けて、二人だけの道を歩んでもいいわけだった。現在のように、こっそりと、演出家の眼を偸《ぬす》んで恋をすることは、彼には耐えられなくなって行った。彼女はきっと自分よりも演出家の方が好きなのだ、と彼は思った。そうすると自分が馬鹿《ばか》のように見えて来た。演出家が実は何もかも承知していて（もし彼女が演出家を自分以上に愛しているのなら、打明けなかったとは保証できないのだから）、その上で自分を操っているような気もした。彼は演出家を羨《うらや》み、その取り澄ました顔を憎み、女優に稽古をつける時のその馴々《なれなれ》しい態度に嫉妬《しっと》した。一体知っているのだろうか、知らないのだろうか。直接ぶつかればわけもなく分ることなのに、女優が、二人の仲を秘密にしておくことが愛の証拠だと彼を説得したために、彼は自分で自分を縛っていた。女優を愛していながら、ひとりで酒を飲むことが多くなった。次の公演に、彼が一番適任なようなうまい役どころがありながら、彼はつまらない通行人の役しか振られなかった。演出家が知ってのことなのだろうか。彼女はそれを打消し、あたしも精出してあなたを推薦したんだけど、と言った。彼女は依然として主役を振られていた。

彼は毎晩、稽古場の帰りに酒を飲んだ、遠くから、ひとり彼女のことを夢想していた頃の方が、今よりも一層彼女が好きだったような気がした。しかし今でも、彼女を愛していることに変りはなかった。それはしかし、暗い、濁った水のように、自分の心をその上に映すことの出来ない愛だった。或る晩、彼は酔っぱらって電車のプラットフォームからレールへ落ちた。それはあっという間の出来ごとだった。

劇団葬の日に、一座の連中は、彼が役に不満でやけ酒を飲んだせいだと、ひそひそ呟《つぶや》いていた。演出家は、我々は最も有望な若手の俳優を喪《うしな》ったと弔辞を読んだ。そして女優はしずかに涙を流していたが、それはいかにも舞台のヒロインのようで、その涙のにがさは誰にも分らなかった。

所有

情熱というものが、常に何ものかを獲得しようとする精神の作用であるならば、愛もまた、所有への願望であると言うことが出来る。名声欲《よく》や金銭欲は、地位とか財産とかいうものを目標にしているが、愛の場合には或《あ》る特定の対象を全的に所有することが目的である。しかし地位とか財産とかの場合に、これで足りるという終極の満足は常に存在しないので、一度そうした情熱に捉《とら》えられた人間は、飽くことなく高い地位、より多い財産を目指して、死ぬまで情熱を燃え続けさせるだろう。愛の場合にも、所有したいというエゴイスムは、所有という観念の枠《わく》が次第に広がって行くにつれて、殆《ほとん》ど極まることがない筈《はず》だし、もしこれでいいという満足があれば、それは同時に愛が終ったことを意味しているのかもしれない。

愛していることを知った人間の内部には、微妙な変化が起っている。それまでは自己の孤独とのみ向き合っていたのに、今や彼の意識は外部の新しい対象の方へと流れ始める。これが愛だという自覚、虚像をしか見なかった眼が、今や現実の恋人を捉《とら》えたという悦《よろこ》び、そこに一種の陶酔感が生れて来る。たとえ彼がまだその思慕を打明けず、相手の手に触れることもないような場合にも、自分が愛していることを承知している限り、彼はその恋人を所有しているのだ。そして彼がまだ片想《かたおも》いであり、愛情がただ一方的にのみ流れ出している時に、恐らくこの所有という観念は最も純粋な形を保っていると言えるだろう。なぜなら所有ということは何処《どこ》まで行っても観念なのであって、いっそそれが観念である以上は、あくまで可能性の範囲内にとどまって、実際の肉体と無関係でいることの方が、本人に与える悦びも大きいわけだ。しかし人はそれだけで満足することは出来ない。自分の中に愛の生れたことを知りながら、相手にそれを打明けず、可能な幻想のみで足りるとしている人間がいたなら、それはよっぽど気の弱い初心者か、或《ある》いはもうさまざまの恋愛修行を積んだ老練のドン・ジュアンに限られているだろう。なぜなら、エゴイスムというものは精神のごく正常な機能であるし、性慾が本能である以上に、観念的な所有慾もまた本能の一種なのだから。従って恋人の手を握りたいという欲望が、キスをしたいとか、裸体を見たいとか、一緒に寝たいとかいう欲望にまで発展して行くことは、他の競争者を蹴落《けおと》して恋人を独占したい、結婚して自分一人のものにしたいという欲望と本質的に同じなのであり、そこに性慾的とか社会的とかいう区別を立てる必要もなく、等しくエゴの所有慾という精神の働きから出発したものなのだ。しかし人が夢想を愉《たの》しんでいる限りは欲望は一種の静止状態にとどまっているが、もし例えば手を握ることで手を所有し、キスをすることで唇を所有するならば、欲望は常に先へ先へと駆り立てられ、恋人の肉体の全部を所有するまではやまないだろう。しかし肉体の所有というものは、結局は観念的なものに還元される筈で、魂のない肉体を所有したからといって人は決していつまでも満足していることは出来ない。それは単に性慾の満足というにすぎず、精神はちょっとの間はまどろむかもしれないが、直に再び目覚めて鋭い針で孤独を突き刺すに至るだろう。従って所有ということは、相手の魂を所有することが最後の目的なのだ。しかし果して魂というものを所有できるだろうか。

僕等が魂という言葉によって承知していることは極めて曖昧《あいまい》なのだが、他人の魂を全的に所有するということは、相手の人格を自分に所属させて、相手を奴隷《どれい》状態に置くことではない。人がしばしばあやまり易いのは、結婚という肉体の所有によって、相手の魂までも所有したように考えることだ。愛の完成が結婚なのではなく、肉体の所有とは別個に、愛というものは二人の間に進行中なのであり、結婚と同時に愛が終る場合も、反対に結婚から愛が始まる場合もあるだろう。従って相手が自分に忠実であり、寝ても覚めても自分のことばかり考えてくれるとしても、それはひょっとしたら有難めいわくな話で、単にうるさく感じられるだけのことかもしれないのだ。つまり愛はもう死んでいるかもしれないのだ。魂の所有とは、相手の意識の全部を自分が占領することではない。

　しかし魂を所有して行く逕路《けいろ》には、恰《あたか》も肉体の場合に手を握ることや、髪にキスすることなどから始まって、次第に肉体の全部を望むまでに慾ばりになって行くのと同じように、少しずつ相手の意識を自分の方に向け、遂には相手が自分以外の一切のことを考えなくなるまでその欲望を押し進めようとする、際限もないエゴの膨脹《ぼうちょう》があるだろう。しかし果してその逕路のどの地点で、魂は捉えられたのか。相手の意識が全的に占領せられていても、魂が少しも捉えられていなかった場合はいくらでもあるのではないか。そうすれば意識の占められた分量とその人の魂とは、殆どまったく関係がないと言える。

自覚

愛する者は自己を忘れて、しばしば盲目的に行動するし、それがまた情熱という言葉にはふさわしいのだが、しかし人間の魂は決して愛することだけで充《み》たされる筈《はず》はない。つまり自己の孤独を忘れるほどまでに熱中するというのは、彼の持つ孤独が脆《ぜい》弱《じゃく》であるか、或《あ》るいはその脆弱な孤独を自分でも嫌っているかであり、その場合の孤独は、彼自身の本質をなすものではないから、愛は単に孤独からの脱出ということになる。このように自己の孤独を無視して相手のことばかり考えている人間は、結局は相手の孤独をも無視しているわけである。そしてこのような所有慾《よく》は、エゴイスムの間違った現れであり、果してそれを愛と呼ぶことが出来るかどうかも分らない。肉体の所有のみを目的としている場合に、僕等がそれを愛と呼ばず色情と呼ぶならば、こうした魂の所有をば、精神の耽溺《たんでき》と呼ぶ方がふさわしいだろう。魂というものは孤独の描いた幻影であり、それを所有することは相手の孤独を所有することであって、意識を占領することではない。

人には誰でも孤独があるが、あまりにも自己の孤独に無関心であれば、殆《ほとん》ど孤独を持たないと言ってもいいような場合も生じて来る。そういう人間が愛した場合に、どうして相手の孤独を大事にし、その傷を癒《いや》し、その空虚を埋めようと努力することが出来るだろうか。彼が相手に関する一切のことに関心を持ち、たとえ意識の全域を相手のことで蔽《おお》ってしまっても、相手の内部の一番肝心なところと無関係である以上は、相手はそれを愛として受け取ってはくれないだろう。

そうすると愛とは何だろうか。それは相手の魂を、従ってまた相手の孤独を所有しようとする試みなのだが、その場合に、自己の孤独の危険に於てこの愛は試みられなければならない。人は自らの孤独を恐れ、その空虚に耐え切れずにぜひともそれを埋めようとするが、それは自分自身の力ではどうにもならないものだ。繰返して言えば、愛は常に他者のためにあるので、自己のためにあるのではない。従って彼が他者を愛し、他者の孤独を埋めようとしても、それは決して、自己の孤独がそのために少しでも救われるといった種類のものではない。いな、他者を愛すれば愛するほど、彼は自己の孤独を意識し、しかも彼の愛は自己の孤独の持つ中毒作用によって、さまざまの忌《いま》わしい情熱、——嫉妬《しっと》や、疑惑や、不安や、怒りなどを、同時に喚《よ》び起すだろう。彼の愛が相手の孤独を慰め、相手に悦《よろこ》びを与えていると感じられる限り、彼は夢想の翼に乗って天上へ飛翔《ひしょう》することも出来ようが、意識が自己へ戻り、孤独の暗さ、惨《みじ》めさを痛いほど感じ取れば、彼はいっぺんに地獄に堕《おと》され、愛というものが決して見かけだけの綺麗《きれい》な、上品なものでないことを暁《さと》るだろう。そしてこのような孤独の自覚があるからこそ、愛は人間的でありながら、無限の神秘をそなえて、人を天使にも悪魔にも変えることが出来るのだ。

従って愛することは、相手の存在を意識することではなく、相手と同時に自己の存在をも意識することだ。存在というのは、言い換えれば孤独であり、相手を肉体的精神的に所有するということがあやまり易いエゴイスムであるのに対し、愛している間にも自己の孤独を意識することは、正当なエゴの作用なのである。自己を忘れてまで愛するというのは単に言葉の綾《あや》であり、人は決して自己を忘れることは出来ないし、また忘れたからといってその愛が美しいとは限らない。いかなる場合にもエゴが働くのは人間として当然であり、そのエゴのために愛がしばしば苦しく、いたましく、醜いものに変ったとしても、それは愛する者が人間であることの証拠にすぎない。即《すなわ》ち人は遠くから恋人を眺めて、幻視的な夢想に沈むことで満足するか、それでなければ自己の孤独を一層苦しくする危険を冒してでも、愛を試みるかしなければならない。試みとはためしにやってみるということではなく、そこに自己の危険を賭《か》けようとする意味である。

理解

人はどの程度に他者を理解できるものだろうか。僕等は常に、他者との曖昧《あいまい》な関係に於《お》いて生きている。生きるという行為に於て、一人一人の他者を完全に理解することは少しも必要ではない。僕等は自己というものを基準に、理解の可能な範囲内に於て他者と附き合い、その程度のことで大抵は満足している。幾人かの容疑者の間に、一人の真犯人を追求している探偵でもなければ、他者がその心の中で何を考え、何を目論《もくろ》んでいようとも、僕等はそこまで推理を働かせる必要はない。僕等はだいたい自分自身の心の動きさえ確実に知らないし、自分が何者であるのかも容易に理解できないのだから、況《いわん》や他者のことなんか、本当はどうでもいいのだ。僕等は相手との間に共通点があれば、その点を拡大して、他者を理解したつもりになる。同じプロレタリアートであるとか、同じ世代であるとか、同じ学校、同じ趣味、同じ出身地であるとかいう点がその共通点であり、親子兄弟とか、民族とか、或《あ》るいは人間であることとかが、場合に応じて相手との理解に必要な程度に意識の上に登って来る。しかし人が他者を理解している面は、理解していない面に較《くら》べて、常に遥《はる》かに少いのだ。僕等はただ、自分はこう思う故《ゆえ》に、相手も多分こうなのだろうというふうに類推する。相手の立場に関する資料を多分に持ち、相手の思考力や、思考方法や、思考内容が大抵分っているつもりでいたところで、最後的に相手の魂が採用した決断をまで、僕等は手に取ってみることは出来ない。或る点までは分っても、それ以上に相手の内部に侵入して行くことは出来ないのだし、また分らないでも何とかごまかして附き合って行くことは出来る。そうした曖昧な関係の上に、社会という歯車は重々しく廻っている。

しかし、この基準、それによって相手を理解しようとする基準とは何だろうか。理解することは、理性によって判断することとまったく同じではない。僕等はしばしば直観的に分るので、あとからそれを分析して、分ったことの理由を自分自身に納得させようと試みることもある。その時、人が分ったと言うのは、必ずしも彼の内部で働き始めた精神の計算の結果なのではなく、モデルとしての自分自身、即《すなわ》ち自己の孤独に映し出された相手の肖像なのである。理解することの初めにあるのは、自己の孤独が相手の孤独をどう思ったかという、単純な印象である。ただその印象が、次第に精神によって富まされ、具体化されて、理解という一つの纏《まとま》った意識にまで高まって行くのだ。精神分裂病の患者に於ては、僕等が了解不能と呼ぶような精神の荒廃がある。

彼等は、他者を理解できないし、また他者からも理解されることがない。それは他者を自己と引き較べ、共通点を見出し、それを拡大して行き、遂に自己と相手との関係を理解として承知するだけの精神の作用が、彼等に欠けているからである。彼等の世界は孤独そのものであり、内部的に鎖《とざ》されたまま、外部に働きかけて行くことを知らない。彼等にとっても印象ということはあるだろう。が、その印象を、更に認識にまで高めて行くだけの、集注した精神力がない。孤独はあっても、それは自己の基準とはなり得ない孤独であり、それは何ものも生み出さず、他者との関係もまたそこには存在しない。

しかし僕等が健常な人格を持っている限り、他者との関係は、たとえ曖昧な理解の上に立っているとしても、不可欠のものである。僕等は絶えず自己の孤独を見詰めて生きているのではないし、他者を見るたびに、いちいち自己の孤独を物指《ものさし》のように取り出すわけではない。僕等は基準ということを忘れて、無意識のうちに他者を判断し、感情によって好き嫌いの味をつけ、経験によって自己の理解不能な点は鵜呑《うの》みにしてしまう。それはそれでいいのだ。たまにしか会わない友人や、自己の外側だけで附き合えばいい同僚や、生活の大部分を共にして来た家族などは、それでもいいのだ。しかし人が愛し始めた場合にはそうは行かぬ。愛は、理解を要求する。

人は愛する者に、他のいかなる人にもまさって関心を持つ。彼はその恋人を理解しようと思う。相手の考えかた、その生きかたを知り、もし彼の性質が弱ければ相手の方に自分を合せ、また反対に強ければ、相手を自分の思うように改造しようと、そう望むだろう。何よりも愛するための判断の中心に、彼が理解し得た相手の魂を置くだろう。しかし魂というものは曖昧だし、理解ということも曖昧なのだ。人は近似値的に理解し得るだけだし、愛する場合に、愛は全的に相手を求めているのだ。従って理解が愛の前提となることはないので、理解は理解であり、愛は愛なのだ。もしこの両者が食い違うことなく結びついていれば、それは理性と感情とが相互に許し合った場合として、最も理想的な愛だということが出来るだろう。異性間に友情があり得るかどうかという問題は、それが愛を目的とせず、理解のみを目的にした場合には、充分に可能だろう。しかし愛を望んだにも拘《かかわ》らず理解のみを得られたとしたならば、その友情は単に愛の代用品というにすぎぬ。理解は求められるべきものではなく、最初の印象を具体化するための理性的な精神活動によって生じるべきものであり、常にまず求められるべきものである愛とは、根本的に異っている。従って愛のない理解があるように、理解のない愛だって少くはない。この二つを同時に望むことは、謂《い》わば贅沢《ぜいたく》な望みである。

盲点（挿話）

彼はその頃まだ大学生で、ゼミの助教授の自宅で彼女を識《し》った。彼女は助教授の奥さんの妹で、或《あ》る女子大学に通っていた。まだ多分に子供っぽいところの残った、性質のやさしい、快活なお嬢さんだった。学生たちは日曜になると助教授のところに押しかけ、一緒にトランプをしたり、テニスをしたり、また連れ立ってハイキングに出掛けたりした。彼女は誰に対してでも親切で陽気だった。彼だけが特に親切にされているわけではなかった。

彼が大学を出て或る商事会社に勤め始めてからも、彼は依然として助教授の家へ通った。その間に、彼女との間が微妙に変化した。彼は何でもずけずけと彼女に言える仲だったし、お互いに陽気な性分だったので、二人のやりとりは友人たちからまるで漫才だとひやかされた。彼女は困ったことがある度に彼に何でも打明け、例えば誰々さんにお祝いを上げるんだけど、どんなものがいいかしら、と訊《き》いたり、音楽会の切符があまっているけど、買ってくれない、と頼んだりした。彼はいつでも相談に応じて、決して厭《いや》な顔をすることはなかった。二人は仲のいい友達だった。

そうして彼女が女子大学を卒業した翌年に、或る日、いつものように彼女が相談があると言った。彼はそれが重大なことだとは思ってもみなかった。

「今度は何です？」と彼は尋ねた。

「実はね、」と言ったなり、珍しく彼女は渋っていた。「あたしね、AさんとBさんとからプロポーズされたの。」

「あなたの気持はどうなんです？」と彼はどきりとしながら訊き返した。

「それがあたしにもよく分らないのよ。」

彼はいつのまにか彼女を愛している自分に気がついていた。気がついたのはもう余程前のことだ。しかし会えば漫才的な対話しか取りかわさない二人の間で、真面目《まじめ》な話を切り出す機会はなかった。いや、機会があったとしても、彼には打明けるだけの勇気がなかった。これでもいい、こうして仲のいい友達として、いつまでも附き合っていられればそれでいい、と今迄《まで》は考えていた。この打撃は不意だった。

「そうだな、Aって奴《やつ》は遊び人で、金使いが荒くて、しかしあいつはうちもいいし稼ぎもいいと、Bの方は真面目だがちょっと怖いお姑《しゆうと》さんがいるし……。」

「随分悪口ばかりね、」と彼女がすねたように言った。「どっちも駄目みたい。」

彼はAもBもよく識っていた。二人ともゼミの頃からの友人で、決して悪口を言う気持はなかった。しかし事は重大だった。

「二人ともよしなさい、」と彼は一気に言ってのけた。「いっそ僕とどうですか？」

彼女はまじまじと彼の顔を見詰め、けたたましく笑って、駄目よ、と言った。

「どうして？」

「だってあなたはお友達だもの。何でも相談できる、あたしの一番大事なお友達。」

いつからそんなことになってしまったのだろう、と彼は考えた。どこかで策戦を間違えたのだ。彼は愛していたし、その愛に気がついたのは昔のことだ。それなのに、彼女の最もよい理解者という位置、何でも話し合い、結婚の相談まで引き受ける友達としての位置に、いつのまにか満足していたのだ。彼は諦《あきら》めたように呟《つぶや》いた。

「AもBも好い奴だけど、どっちかといえばAの方がいいでしょう。あなたみたいなお嬢さんには、Bのお母さんは苦手だろうからな。」

彼女がAと結婚してから二年経《た》った。その間にも彼は時々Aの家庭を訪問した。或る晩、彼が訪問した時にAは留守だった。

「近頃は毎晩おそいのよ、」と彼女は言った。「あたしのことなんかちっとも構ってくれないわ。」

彼女は愚痴をこぼし始めた。たしかに酒好きで遊び好きなのはAの昔からの癖だった。彼はその話を聞きながら、彼女をAと結婚させたことに（しかしそれは彼女自身の意志だった筈《はず》なのに）かすかな後悔を感じ始めた。その後悔は話を聞いている間に、次第に強くなった。

「あたし、こんな話の出来るのはあなた一人なのよ。さとには、あたしたちうまくやってるって話してあるの。」

彼女はそう言って寂しそうな顔をした。確かに今でも、彼は彼女の一人きりの相談相手だった。

次にAに会った時に、彼はAを責めた。

「君になんか分るもんか、」と酔っぱらったAは早口にまくしたてた。「あいつは口癖のように僕を愛しているという。愛しているから、注意したり、おせっかいをやいたり、酒を飲むなと言ったりする権利があるものと思っている。何から何まで干渉し、少しでも僕が僕らしく振舞うと、わたしを愛していないという。僕らしいというのがどこがいけないのだ？　あいつの考えている人間は、現実の僕じゃなくて、あいつの理想の男性としての僕なんだ。たまらないよ、君。僕はそんなお偉い人間じゃないよ。あいつはちっとも僕を分ろうとしないのだ。」

「しかし君はあの人を愛しているんだろう?」

「愛して?　青くさいことを言うな。僕は分ってもらいたいんだ、この僕という亭主のありのままの姿をね。」

彼は贅沢《ぜいたく》を言ってやがると思ったが、口に出しては言わなかった。手の中の珠《たま》を取られたような気がした。彼女はひたむきに愛することの出来る女だし、自分もやはり一途《いちず》に愛することの出来る人間なのだ。どうしてそれなのに、Aみたいな男に彼女をやってしまったのだろう。彼は現在の彼女の心の動きを、た易く想像することが出来た。彼女もまた苦《にが》い後悔を覚えている筈だった。彼が訪ねる度に、彼女の表情はいつも暗かった。二人はもう漫才のような対話を交さなかった。

その二年後に、Aが急病でぽっくり死んだ。彼女はひどく嘆き悲しんだが、葬式などの雑務の相談相手をつとめたのは彼だった。それから日が経つにつれて、彼女の顔色が次第に明るく冴《さ》えて来た。彼は今でも独身を続けていた。そういう彼をつかまえて、彼女はまた冗談なぞを言うようになった。

「気を揉《も》ませないで早くいい人を見つけなさいよ、」と彼女が言った。「あたしが探してあげましょうか。」

しかし彼には、今がチャンスだと分っていながら、切り出すだけの勇気がなかった。

彼女の性質をよく知っていたから、口に出せばまた笑われるだけだと思った。彼は一寸延しにのばしていた。

或る日、彼女は真剣な顔をして、ちょっと相談があると言った。再婚の話だった。相手は子供の一人ある、中年の学者だった。

「そんな馬鹿《ばか》な話はやめなさい、」と彼はむきになって言った。「僕と結婚した方がまだましだ。」

「あなた？　あなたは駄目よ、」と彼女は一笑に附した。

「一番いい友達だから？」と先廻りして、彼は苦笑いした。

「あなたはそりゃいい人よ。けれどもあたしのことを何から何まで御存じでしょう？　あたしがどんな女か、どんな欠点があり、どんないいところがあるか、あなたぐらい御存じの人はいないのよ。だからあたしたちが結婚したって、ちっとも面白いことなんかないわ。あなたは直《すぐ》に飽きてしまう。だってあなたって人は、今でもあたしのことを一番よく知ってるんだもの。」

「結婚はもっと別のものさ。」

「いいえ、あなたはあたしに同情して、ちっとばっかし可哀《かわい》そうだから貰《もら》ってやろうというだけなのよ。あたし嬉《うれ》しいことは嬉しいけど、それ、愛してるのとは違うわ。

そうでしょう?」

　そして彼女は、彼がそんなにも長い間、一途に、彼女を愛していたことを自分から知ろうともせずに、子供持ちの学者と再婚した。

迷　路

その初めに於《お》いて、理解も愛もそう違っているわけではない。初めにあるものは印象である。その印象の強さや弱さは別として、自己の孤独の上に落ちた他者の影である。但《ただ》し初めから、特に孤独ということが意識されているのではない、そこにあるのは、自己と他者との相対的な関係であり、それが特に自己の孤独に訴えて来た場合にのみ、僕等はそれを愛と呼ぶことが出来る。他者がいかなる存在であるかを知ろうとする努力が、精神の作用によって理解として次第に解決されて行くのに対し、愛の場合には、そのような理解とは別個に、相手の孤独を所有したいという欲求が高まって行く。その時、相手を理解できないとしても、それは愛する気持をとどめることにはならない。不可解な、謎《なぞ》のような女に心を惹《ひ》かされる男は、いくらでもいる。例えば、カルメンを愛したドン・ホセは、決して彼女を理解していたわけではない。従って相手の孤独の状況を判断することと、それを所有しようと試みることとは、最初の印象から別れ出た二つの道である。

この二つの道のうち、愛は陰森たる迷路に富んで、常に危険である。理解は、もしその道の途中で行き止りになったと思えば、いつでも引返すことが出来る。しかし愛の場合には、道は錯綜《さくそう》して最早《もはや》後戻りすることは出来ない。自分の現在の位置が分らなくなったとしても、とにかく前進して行かなければならぬ。彼を前進させるものは、彼の内部の孤独であり、この孤独は、彼が愛する対象を見出した瞬間から、タンタロスのように、永遠の飢渇に彼を悩ませ始める。彼の眼に、愛の描くさまざまの幻影が映る。彼は自分の飢《うえ》を知り、渇きを知る。そこに於て、彼は、自分の求めているものは、理解ではなく、愛であることを、自分の道はもう引返す術《すべ》のないことを知る。どうすれば一体救われるのだろう。最も簡単な救い、自己の飢渇を癒《いや》し、自己の沙漠《さばく》に水を注ぐ救いとは、愛されること、自己の孤独を慰めてもらうことである。そして人は、まず、愛されることを求めようとする。愛されることによって、自己の孤独を忘れ、傷痕《きずあと》を癒しながら、一方では相手を愛しようとする。それはいかにも虫のいい願いなのだ。愛することによって自己の孤独を痛いほど意識した場合に、心の弱い者は、その苦しさに耐えられずに、まず自己のエゴを慰めることが愛の目的だと錯覚する。しかし果してそれが救いになるだろうか。愛された人間は、その孤独がなだめられ、その傷が恢復《かいふく》し、その棘《とげ》が抜かれた時に、愛するという自覚を忘れてしまうのではないだろうか。愛することも愛されることも、言葉としては共に愛であり、人は愛されることによっても、同じ愛の道を歩んでいるように思うが、この二つのことの間には、恐るべき深淵《しんえん》が横たわっているのだ。愛されることは、常に深淵の手前側にあり、人はそこにいる限り安全であって、足を踏み滑らせる懼《おそ》れはない。これに反して、愛することは深淵を一本の丸木橋で渡るか、或《あるい》はそれに沿って歩いて行くか、とにかく常に危険に身を曝《さら》して、しかも焼けるような飢渇に絶えずおびやかされることなのだ。即《すなわ》ち、そこまで来た人間には最早救いというものはあり得ないし、その意味に於て愛することは危険な冒険に他ならないのだ。

このタンタロスの飢渇とは何だろう。愛する人間が意識するものは孤独だが、自己の孤独と相手の孤独との、そのどちらをより重く見るかによって、結果は自《おのず》ら異って来る。愛されることを求めるのは、自己の孤独を重く見る人間で、彼はその苦しみを癒すための救いとして、――悪く言えば単なる材料として、愛する相手を見る。とにかく相手が自分を慰め、満足させ、エゴが苦しみを忘れさえすればそれでいいのだ。勿論《もちろん》、彼もまた相手を愛するだろう。しかしそれは単なる取引、一種のギヴ・アンド・テイクにすぎない。愛されている限り、彼は飢渇を忘れることが出来る。――しかし、真に忘れ去ることが出来るだろうか。愛されるというのは多くの錯覚を含んでいるので、愛される一瞬一瞬に於て、常により愛されたいという欲求が、そしてそれに伴う不満、疑惑、嫉妬《しっと》などの情熱が、依然として彼を苦しませるのではないだろうか。その理由は、結局、彼が愛されることだけに満足せず、同時に相手を愛したことにあるのだ。たとえ単なる取引であっても、愛することを試みた以上、彼は苦しみから逃れることは出来ない。なぜなら人は孤独から逃れることは出来ないのだから。

一方、相手の孤独をより重く見る場合もある。その時、自己の孤独が癒されるか否《いな》かは問題ではないし、彼は愛することによって、一層重い痛手を受けるだろう。しかし彼にとって、何よりも大事なのは相手の孤独、その苦しみ、その悩みであり、彼は自分のあらゆる力を以てそれを救おうと試みるだろう。そして最後の救いというものは、その孤独を自分の中に包含すること、それを所有することだと知るだろう。しかし彼は無力だし、相手のエゴが素直にその孤独を彼に委《ゆだ》ねて来るとは限らない。彼が相手の孤独を正しく見抜き得なかった場合も、相手のエゴが強力でその孤独を彼に示さなかった場合も、また彼が所有という意志を途中で放棄した場合も、生じて来るだろう。しかも愛している限り、常に彼は自己の孤独を意識して相手のそれと対比させながら、タンタロスの飢渇に苦しめられて迷路を行かなければならない。この苦しみには終りというものがない。そしてそれが、人間的な愛の本来の姿なのである。

深《しん》　淵《えん》

愛の迷路に踏み迷っている人間にとって、愛することと愛されることとを厳密に区別することは出来ない。しかし原則として、愛することは愛されることよりも百倍も尊いし、愛の本質はあくまで、愛することにある。愛されることは生ぬるい日向水《ひなたみず》に涵《ひた》って、自己の孤独を暖めることにすぎないが、愛することは危険な冒険であり、一か八かの賭《かけ》であり、そこでは傷が一層深くなることを恐れるわけにはいかないのだ。

しかし愛されることが一種の錯覚であり、孤独を甘やかす自己満足にすぎないとしても、愛することの中にも、そのような錯覚は同様に存在する。例えば、憐憫《れんびん》と自己犠牲とについて考えてみよう。

憐憫、或《あ》るいは同情というものは、対象を愛している故《ゆえ》に起るものだが、そこには明かにエゴの無意識の優越感があり、相手の孤独に対する余分のおせっかいがある。孤独というものは、自分自身の手で埋めることの出来ぬ空白なのだが、そうかといって他者の手によって埋められることも出来ぬ。僕が、愛とは他者の孤独を所有することだと言うのは、他者の孤独を自分の孤独の中に包容する意味で、それを自分に都合のいいようにつくり変えるという意味ではない。しかるに憐憫を覚えた相手に対して、人はその孤独を、自分がそれに陶酔できる程度に美しく飾り立てようとする。謂《い》わば相手の孤独の持つ幻影に、彼は自ら酔っているわけなのだ。それは孤独を癒《いや》すことでも何でもなく、殆《ほとん》ど相手とは無関係に、自分の方だけが満足していることだ。これも愛されることと同じく、愛の持つ幻視的な作用のあらわれであり、真に愛していることとは関りがない。つまりそこでは人は苦しんでいないし、これをしも苦しみと呼ぶならば、それは甘美な、欺瞞《ぎまん》的な苦しみである。

自己犠牲の方は、これに反して苦しみの所産であるように見えるが、これもまた幻視的なものであり、理性の計算を欠いている。もし真に愛しているならば、自己の愛を犠牲にして何が残るというのだろうか。そこにあるものはエゴの虚栄心であり、自己の孤独に対する一種の陶酔である。「谷間の百合《ゆり》」のモルソーフ夫人や、「狭き門」のアリサなどは、こうしたエゴの虚栄心を文学的に表現したものであり、それは文学的であるために美的な印象を与えるが、現実に於《お》いては決して愛の最も美しい一面と言うことは出来ない。愛は、孤独が本質的に持つ苦しみの上に余分の苦しみを要求しているものではないし、また余分の幻想を要求しているわけでもない。

愛がた易《やす》く人を陥《おとしい》れる深淵の代表的なものは、嫉妬《しっと》である。嫉妬は愛していることの明確な自覚であり、相手の孤独を全的に所有しようとする欲望のために、自己の孤独が不必要な幻影に悩まされて、エゴを制御し得なくなった状態である。不必要な、と僕は言ったが、すべての愛の情熱は理性の命じるままに動き得ないが故に情熱なのであり、必要の域にとどまっていることが出来れば、その愛は安全だがしかし人間的な意味を喪《うしな》っている。嫉妬は愛の実存的様相であって、人は誰もそれを嗤《わら》うことは出来ない。

嫉妬は、自己と相手の間に第三者が介入することによって始まるが、この第三者は文字通りの人間であるばかりでなく、仕事とか観念とかである場合もあり、恋人が神を愛していれば神に嫉妬し、文学に夢中であれば文学に嫉妬することもないわけではない。それはすべて相手の孤独を自分一人で所有したいエゴイスムの表現なのだが、そこには愛することと同時に、愛されたい欲求がまじっていることを忘れてはならぬ。即《すなわ》ち愛することがそれのみで完全に結晶し、愛されることを少しも求めていないのならば、嫉妬の発生する余地はあり得ない。愛している相手が、その愛に匹敵するほどに自分を愛してくれないと考える時にのみ、第三者の像は幻視的な歪《ゆが》みを持って増大されるのだ。しかし愛は、愛することのみで足りるとしても、同時に愛されることを求めるのは自然の情だし、相手の孤独が自分以外の者の手によって癒されていると考えることは、当然人間的な苦痛を喚び起すだろう。孤独を所有するということは、相手の意識を独占することではないし、自分の愛し方が常に同じ程度の愛を以て報いられる筈だというのでは、あまりに自惚《うぬぼれ》がすぎる。しかし人はややもすると、愛とはそのような、ギヴ・アンド・テイクの取引だと誤りやすいのだ。そして嫉妬に駆られた人間が臨むのは眼のくらめくような深淵であって、深淵に映ったその顔は、エゴの醜さを明かに示しているだろう。しかし人はそのような時に、悲しいかな、水に映った自分の顔を見ないものである。

音楽会（挿話）

彼は彼女をしんから愛していた。彼は相当の自信家だったが、それでも彼女の方がどうなのか確かなところが分らなかった。二人が識《し》り合ってからもう随分経《た》っていたのだし、彼の熱烈な気持が相手に通じていない筈はなかった。それなのに彼女の態度がどうも曖昧《あいまい》だったので、彼は策戦を思い立った。

「僕ね、音楽会の切符を二枚持っているんだが君と行くんじゃないんだ。」

「あらどうして？」

「実は約束しちまったのでね。」

彼はそして彼女の友達の名前をあげた。

「僕あの人と行くからね、悪く思わないでくれよ。」

「ええどうぞ。あの方はあたしよりずっと音楽ファンだから、きっとあなたのいいお話相手になるでしょう。」

彼女は格別口惜《くや》しそうな顔もしなかったが、彼は相手が、嫉妬《しっと》に駆られた気持をぐっと抑えているのだと想像した。彼女はきっと友達に僕を取られたと思って、今晩あたり口惜し泣きに泣くだろう。そしてその意趣返しにもっと積極的になって、必ずや僕に意志表示をするだろう。

外国の有名な演奏家を迎えたその音楽会は、立錐《りっすい》の余地もないほどの満員だった。連れ立って来た彼女の友達は、浮き浮きしていかにも嬉《うれ》しそうだった。彼の方はさほどでもなかった。これが彼女だったら、とそろそろ後悔し始めていた。素晴らしい音楽にもあまり身が入らなかった。

休憩時間に、連れが突然大きな声をあげた。

「あらあら、あそこにいるのは誰かしら？」

彼は首を曲げて、だいぶ後ろの席にまさに彼女を発見した。彼女はこっちの方を見向きもせずに横にいる男と話していた。

「あのお連れの人は、きっと近頃とても仲がいいっていう噂《うわさ》の人よ。」

しかし彼はそんな噂は初耳だった。

「あら御存じないの？　あの人発展家なのよ。あたしあの人の仲好《なかよし》だから悪口言っちゃ済まないけど、どうして大したものよ。」

彼はなるべく冷淡な顔をした。

「あなただって取巻の一人でしょう？　あたしみたいなブスと違って、綺麗《きれい》な人って得だわねえ。」

彼は折角の演奏を上《うわ》の空で聞いた。そうだったのか、畜生め。僕のことなんか気にも留めていなかったのか。取巻の一人だって？　勝手にしやがれだ。――そしてその晩じゅう、彼は歯軋《はぎし》りして口惜しがった。

数日後に彼はまた彼女に会った。

「どうでした？　音楽会面白かった？」

彼は色々言ってやりたいと思ったが、あまり言いたいことが沢山あったので、言葉が咽喉《のど》のところでつかえてしまった。彼女は知らん顔で、平然と言い足した。

「この次に音楽会があったら、きっとあたしを連れてってね。」

それから不思議なことに二人の仲が前よりも急速に親しくなった。彼はいつのまにか音楽会での出来ごとを忘れてしまい、彼女に問いただすこともやめてしまった。

半年後に二人は結婚した。

結婚して暫《しばら》く経ってから、夕食後の一休みに、彼は思い出して妻に訊《き》いてみた。

「いつか音楽会の時にね……。」

「ええ、なあに？」

「君は僕が行ってるのを承知の上で、誰か他の男と一緒に行っただろう?」

「ああ、あのこと。あれはちょっとした策戦だったの。」

「策戦?」

「あなたったら、あたしのお友達といらっしゃったでしょう。あたしあの人と相談して、あたしのいるのに気がついたら、あなたを苛々《いらいら》させるようなことを言うように頼んでおいたのよ。御一緒したのはあたしの女学校時代の音楽の先生。あたし後から聞いたんだけど、お友達のくせに、あの人随分あたしの悪口を言ったらしいわね。ボーイフレンドが十人もいる典型的アプレ娘だって。とんでもないわ。あたし純情だから、あなたが申し込んでくれるのを待っていたのよ。ところがあなたったら、いつまでたっても澄ましているから、ちょっとやきもち焼かせてやったの。どう、策戦見事に図に当ったでしょう?」

そう言って彼女は、夫に向って嫣然《えんぜん》と笑った。

快　楽

人は愛する時に、わざわざ苦しみを求める馬鹿《ばか》はいない。誰しも、愛の中に肉体の快楽を、――しからずんば一種の肉体的快楽を、期待して愛し始めるのだ。謂《い》わゆるプラトニック・ラヴと呼ばれる恋愛に於《お》いても、それは愛する者にとっての秘《ひそ》かな快楽を、目的のうちに隠し持っている筈だ。ただそれが肉体的な逸楽と違うところは、この種の快楽はそれがすべて精神の単位に、観念に、還元できるものであり、愛する者はその快楽が、すべて観念的だと錯覚していることにあるのだ。即《すなわ》ちプラトニックな恋愛に陥っている人間にとっての快楽とは、例えば恋人から不意に来た一枚の葉書であり、それは愛に熟練した女の口説や手筈《てはず》よりも、一層この無経験な初心者の心を踊らせるだろう。その一枚の葉書は、彼が恋人を所有するための、無二の証拠のようにも思われるだろう。恋人のちょっとした反応からでも、愛する者はその中に自分なりの快楽を見出すことが出来る。その原因は極めて簡単なので、彼は自分の快楽を予想された形に於てしか見ていないのだ。そして真の快楽は、実現以前の空想の中にしかないと言うことさえ出来る。

　僕等が初恋というものを美しく考え、しばしばそれが人生の上に決定的な影響を持つと考えやすいのは、初恋に於ては、人はまだ愛の与えるあらゆる快楽を知らず、従ってその領域を予《あらかじ》め測定することが出来ずに、彼自身の感受性に応じて、些細《ささい》なことからも無限の快楽を汲《く》み取ることが出来るからだろう。しかし人が経験を重ね、快楽の正体を正確に知ってしまったあとでは、最早《もはや》彼の精神には、快楽のために空想の働くべき余地を、多く残してはいないだろう。知っていることよりも、知らないで空想していたことの方が百倍も愉《たの》しいし、快楽は、驚きと共に齎《もたら》された場合の方が、常に確実に効果的なのだ。

　それにも拘《かかわ》らず、愛がしばしば苦しみを与えるのは、愛の持つ幻視的な作用が必ず成功するとは限らないからだ。確かに、成功した場合には、愛はごく小さな悦《よろこ》びからも無限の快楽を供給することが出来る。恋人の微笑や、優しい頷《うなず》きや、握りしめられた手からでも、愛する者は有頂天の快楽を得ることが出来る。そのようなものと、経験を積んだドン・ジュアンの耽《ふけ》る快楽とを較《くら》べるならば、その快楽を観念に還元して考える限り、初心者の方が遥《はる》かに大きな愉しみを感じているのだ。ドン・ジュアンには新しい悦び、もの珍しい感動というものはないいし、彼がいかに空想を働かせても、彼の経験の上に附け加える未知への空想には限りがあるだろう。しかるに初心者に於ては、その愛は進行する過程の一歩一歩に於て常に新奇な感動を与える筈なのだ。しかもその感動が新鮮なのは、彼がいつ幻滅にぶつかるかもしれぬという危険に、絶えず曝《さら》されているからだ。もし彼が失敗し、幻滅し、自己の孤独を直視することになれば、その苦しみはドン・ジュアンとは比較にならないほど大きい筈だ。なぜなら、ドン・ジュアンは予め理智《りち》によって危険の程度を計算しているのだから、決して危険に身を曝すことはないのだし、倦怠《けんたい》は知っていても苦痛ということは知らないのだから。愛によって苦しむことのない運命、それがドン・ジュアン的運命である。

従って快楽というものには、精神的なそれと肉体的なそれとあるが、大ざっぱに言ってそれは次のように区別される。精神的な快楽は繰返されることによって快楽として洗練され得るが、肉体的な快楽は繰返されることによって効果を減じると。後者の場合には、最初の印象というものが、常に絶対的に強い。しかしながら、肉体的な快楽といえどもそれを観念に還元できるのだから、すべての快楽を皮膚から頭脳の領域に移し変えることによって、人は快楽を繰返して味わうことも不可能ではない。従ってドン・ジュアンは単なる官能の人なのではなく、生きることの感動を持続させるために、肉体的な快楽を精神的なものに置き換えることに巧みだった、一種の観念家だったように思われる。

しかし精神的であれ肉体的であれ、人が愛に於て求めるものは、まず快楽である。どのような議論によって彩ろうとも、人が自己の孤独を恐れ、他者の中に自己を投企しようと試みる時に、彼の思い描くものは快楽の幻影に他ならない。しかしそれは実現の以前に於て、実現の形態を予測することの出来るものであり、その快楽が小部分ずつ所有されて行く逕路《けいろ》が、快楽なのである。それは常に危険を孕《はら》み、その危険によって常におびやかされるが故《ゆえ》に、快楽なのである。愛の中の快楽の要素は、従って極めて僅《わず》かであり、幻滅による失望の方が常に大きい。しかし人はその愛に真剣である限り、幾度か幻滅を味わっても、尚《なお》この錯覚の中に自己を委《ゆだ》ねようとする。快楽とは、愛を美しく飾るための、草原の中の一種の逃水《にげみず》のようなものである。人がそこに達し得たと思った瞬間に、武蔵野を渡る風が旅人の心の中をうそ寒く吹き過ぎて行くように。

燃　焼

愛がただ快楽のみを目的としている場合には、その快楽を純粋ならしめるために、愛は急激に燃焼しなければならぬ。即《すなわ》ち、その快楽が錯覚であり、幻想と幻想との切目に寒々とした現実が横たわっていることに自己の理性が気づかないほどに、情熱は直線的に燃え上らなければならぬ。

古代に於ては、人は愛と肉体的快楽とを常に同格に考えた。しかしそれだからといって古代人が快楽のみを追求し、一種の観念としての魂を考えていなかったわけではない。そこでは、肉体的なものと精神的なものとが、観念的な操作を伴うことなしに、直《ただ》ちに結びついている。折口信夫《おりくちしのぶ》博士に拠《よ》れば、「こひ」とは招魂のことで、愛している者の魂を自分の身中に招くことを意味した。恋愛とは魂を交換することであり、その魂は、例えばきぬぎぬの別れという言葉に示されるように、衣服につけて交換した（全集第九巻、四一頁）。肉体を所有することと魂を所有することとのこうした隙間《すきま》のなさは、彼等が単なる行動人として快楽のみを目的としていたのではないこと、魂を完全に所有するためには情熱の燃焼が要求され、そこに現代人のような罪の観念が、微塵《みじん》もはいって来ていなかったことを、明かに示しているのだろう。

きみが行きけ長くなりぬ。山たづの
　迎へを行かむ。待つには待たじ

この「古事記」にある軽大郎女《かるのおおいらつめ》の相聞歌《そうもんか》のようなものは、その燃焼の完全な点に於《おい》て他に比類のない抒情詩《じょじょう》である。(例えば、ソロモンの「雅歌」のようなものが、同時に思い浮べられるだけである。)そこに於ては、快楽というものは、決して単なる愛の目的ではない。しかしそれは愛とは切っても切れないものであり、快楽のない愛というものが考えられないだけに、快楽の遠ざけられた時の苦しみは、異常に生ま生ましい。これはすべて燃焼の完全なこと、全人格の愛への投入から生じている。大津《おおつの》皇子《みこ》を想《おも》って作られた姉君大伯皇女《おおくのひめみこ》の、

吾がせこを大和へやると、さ夜更けて、
　暁露《あかときつゆ》にわが立ち濡れし

のような歌も、やはり相聞歌なのだが、これなどはその語調の烈《はげ》しいこと、例えば、

石の上に生ふる馬酔木《あしび》を手折《たを》らめど、
　見すべき君がありと云はなくに

のような挽歌《ばんか》と、同じ情熱に貫かれている。ここでは快楽からはまったく遠いところで、愛はただ魂の呼び掛けとして歌われている。が、このような非肉体的な場合にさえ、古代人が完全に情熱を燃焼させ得たという点に、愛にとって快楽というものが、いかに一種の迷妄《めいもう》にすぎないかが示されているだろう。

しかし現代人にとって、事情は必ずしも同じではない。僕等は精神と肉体とを別々に認識し、精神の計算に従って肉体を行動せしめる。愛が快楽を伴うことを知り、その快楽を求めるエゴと、その快楽を精神的に還元しようと試みるエゴとが、内部で常に争っている。快楽を求めることが本能であると考え得るような人間にとっても、本能の満足が同時に彼の魂をも満足させるとは限らない。現代人は、奇妙に二元的に分裂し、自己の行為の意味づけを追い掛けまわし、愛を純粋な行為、——理智や精神のまったく干渉し得ない魂の行為として、認識することが出来ない。即ち人間の中にある行為する者と見る者とが、愛の場合にも、彼の内部で闘い始める。宗教とか、道徳とか、習慣とかいうものの齎《もたら》す罪の観念が、そこに介在して来る。愛することに、本来、罪などという要素はない筈《はず》なのだ。もし二人の男女が真に魂を燃焼させたならば、彼等を取り巻く社会などというものは、彼等に一指も触れることは出来ない筈なのだ。しかし嘗《かつ》てパウロとフランチェスカとは地獄に堕《お》ちたのだし、この二人を破滅せしめたものは、彼等自身の、余分な、罪の観念に他ならなかったのだろう。そこに愛の持つ悲劇的な性格がある。

無知であるために、愛する者たちが社会の壁の内側に二人だけを隔離し、その情熱を燃え上るにまかせたような場合はある。しかし無知というものは動物的であり、そこにいかなる情熱があっても、それは愛と呼ぶに値しない。愛は隔離されるべきものではなく、溢《あふ》れ出すべきもの、恋人への愛を通して人間一般に及ぶべき筈のものである。情熱の完全な燃焼とは、彼等が理性を盲目ならしめることを意味するのではなく、自己の孤独を充実せしめて、自己を新しく創造することにある筈なのだ。快楽というものは、その時目的ではない。自己の燃焼感そのものが、精神の悦《よろこ》びの中に還元されて、彼の生きる意志を靭《つよ》くするものでなければならない。愛は火花のように燃え上るが、しかしそれは燃え尽きるためにではなく、絶え間なく燃え続けるために、常に焰《ほのお》としてあるために、生の動力として燃えるのでなければならない。しかし愛は、快楽を媒介として、常に死、——魂の死を、深淵《しんえん》のように覗《のぞ》かせているのだ。

雪の浅間（挿話）

まだ雪の多い、冬の終りの季節だった。信州の軽井沢の宿屋に泊った二人の若い男女が、昼すぎに宿屋を出て行った。

それはうっすらと曇った底冷のする日で、二人が出掛けて間もなくまた雪になった。宿屋の主人はさっきから首をひねっていた。二人を立たせる時から、この主人は不機嫌な表情で苛々《いらいら》していた。二人の様子がおかしいことを、長年の経験ではっきり見抜いていた。

この二人は荷物らしい荷物を持っていなかったし、若い者たちに特有の浮き浮きした様子も見せていなかった。女の方の顔色が特に暗かった。女といっても、まだ少女と呼んだ方がいいような、二十歳くらいの、痩《や》せた女だった。男の方も、店員風の、大して年も違わない、おどおどした青年だった。神経質な手つきで煙草《たばこ》を喫《の》んでいた。出掛ける時に、この青年は磨き上げた玄関の板の間に、煙草の灰をぽろりと落した。

その日の夕刻、駐在所の巡査が、さっきの二人を連れて宿屋へ来た。主人はさてはという顔で駐在の顔を見た。若い恋人たちは俯《うつむ》いたなり、寒そうに顫《ふる》えていた。

「離山《はなれやま》に登ったんだ。浅間と間違えたんだそうな。」

気のいい駐在は帳場に上り込んで、やれやれと呟《つぶや》いた。親許《おやもと》に電報を打ったから、明日の朝は迎えに来るだろうと言った。

二人の男女は浅間山で死ぬ決心だった。二人は宿屋を出て、その方角にある山へ登った。しかし雪が降って来たので彼等は地理を間違え、離山に登ってしまった。離山というのは、軽井沢のすぐ側の、ほんの小さな丘陵だった。浅間山とは比較にならなかった。二人は雪を踏んで行くうちに、割と易《やす》く、その頂上に達してしまった。間違えたと知ってがっかりし、そこからまた麓《ふもと》へ戻って来たというのだ。

「何というのんきなことだね、」と駐在は言った。

「浅間とはね。どうして間違えたのかね。あんまり違いすぎるじゃないか。」

宿屋の主人は大声で笑った。

「あたしゃもう三十年もこの旅館をやってるが、こんな馬鹿《ばか》な話は初めてだよ。」

「いやいや、間違いでよかった。天の助けというものだ。これであの連中も無事に親許に帰るだろうよ。」

「一度やり損えばもう大丈夫だな、」と主人が相槌《あいづち》を打った。

あくる朝、娘の親たちが東京から駆けつけて来た。娘は相当に大きな本屋の一人娘だった。何か家庭の中に面白くないことがあるらしく、歯を食いしばったなり、迎えに来た父親と母親とに少しも懐《なつか》しそうな顔を見せなかった。母親は意地の悪い表情で、男の方にくってかかった。この青年は店に傭《やと》われている店員だった。両親は亡くなっていて、叔父というのが少しおくれてやって来たが、来るなり娘の母親と一緒になって口汚く青年を罵《ののし》った。若い男女は小さくなって畳に坐《すわ》っていた。その日もまだ雪が降っていた。

午後の汽車で彼等は引上げる筈《はず》になっていた。別室に昼食の支度が出来て、皆が顔を揃《そろ》える段になると娘の姿が見えなかった。母親が黄色い声を出して騒ぎ始めると、青年の方もいつのまにか姿を消していた。宿屋の主人は慌《あわ》てて駐在を呼びにやった。玄関に二人の履物は見当らなかった。

「ほんの今さっきのことだ、」と宿屋の主人は駐在に言った。

それから大騒ぎになり、青年団や消防が駆り出された。浅間山の方へ行ったと思われてすぐに手配がなされた。すぐにも見つかりそうなものなのに、徒らに時間が経《た》って行った。

「暗くなる前に見つからないと。」

そう言って駐在は雪の舞い下りて来る空の方を不安げに見上げた。風が雪片を吹きさらって、ごうと唸《うな》っていた。浅間の方角はもう暗かった。

翌日は嘘《うそ》のようにからりと霽《は》れた上天気だった。浅間山は真白い頂きから、むくむくと噴煙を上げていた。その手前に、ちっぽけに、離山がやはり雪に覆《おお》われて蹲《うずくま》っていた。

二人の屍体は浅間の中腹の林の中で発見された。登山道から少しはいり込んだ落葉《から》松《まつ》の林の中だった。二人は用意して来た催眠剤を多量に服用していた。

「そんなにまで死にたかったものかねえ、」と宿屋の主人が言った。「もう憑《つ》き物が下りたと思っていたがね。」

「浅間山がよっぽど気に入ったんだろう、」と駐在が言った。

浅間山は二人の前に無言で聳《そび》えていた。そして若い恋人たちが死ぬまで燃え続けさせた情熱は、火の山のしずかな噴煙の前では、あまりにもはかないもののように思われた。

「まだ若いのに、」と宿屋の主人がぽつりと言った。

駐在は黙ったまま、冷たくなった渋茶をすすった。

調　和

愛とは魂の燃焼の状態だが、魂が燃え上るとは相手のために自己が燃えることで、相手によって自己が燃えることでも、また反対に相手を燃《も》やすことでもない。燃焼は常に自己一人の問題であり、しかも愛する対象を持たなければ燃えることはあり得ないから、それは受動的であると言える。しかし愛の本質は、この対象のために、自己が自発的に相手の孤独を所有しようと投企する行為にあるのだから、それは同時に能動的であることを、——自己は自己として完全に発揮されながら、一方に対象の方も、同様にその自我が完全に発揮されていることを、要求している。いかに自己が燃焼しても、それが謂《い》わゆる片想《かたおも》いという言葉で表されるような、相手が自分を歯牙《しが》にも掛《か》けないという一方的な状態では、この燃焼は片手落で、ただ情熱のための情熱ということになるだろう。愛というものが観念的に考えられる限り、愛は一方的な行為としても成立するが、しかしその場合、愛する者はその結果の不毛に絶望して、徒らに自己の孤独を掘り下げ、無益な観念の沙漠《さばく》をさまよい歩くということになるかもしれぬ。

愛が少しも報いられず内部に鎖《とざ》されてしまった場合には、それは著しく幻視的に傾くが、幻視的であることはその幻影が醒《さ》めやすいことを意味するのだから、幻滅の時に彼を襲うものは取り返しのつかぬ、非活動的な、死んだ孤独の他《ほか》にはないだろう。そしてそれは、愛の正常な目的からは遠く離れているだろう。

そこで必要なことは、愛が正しく、美しく成立するためには、愛し合う二人が共に能動的に燃焼していること、二人の間に等量の愛が存在していることだ。その場合、一人は常に相手の孤独を所有しようとし、その所有のためにはまず充分に相手を理解しようとして、エゴの全力をあげて自己を試みなければならぬ。自己の孤独を顧ることはあっても、その孤独を埋めるために相手の愛を利用しようと考えてはならぬ。自己の孤独は相手を愛することによって常に危険に曝《さら》されるが、それは相手の愛によって結果的に埋められるので、自己の要求が相手を強制したわけではない。しかし理想的な愛の状態に於《おい》ては、相手の孤独は自己が癒《いや》し、自己の孤独は相手が癒してくれることも、即ち同時に能動的かつ受動的であることも、不可能ではないだろう。その時に、これら二つの魂は、互いに相手の燃す焔《ほのお》によって暖められ、美しい調和の中に相手の孤独をやさしく愛撫《あいぶ》し合うだろう。二つの魂は、自己の孤独の鏡の中に相手の魂を映して、そこにただ相手の魂のみを見詰め、最早孤独というこの内部の鏡を見ないだろう。かのボードレールが歌ったように。

　私たちの二つの想い、この双《そう》の鏡は
　燃える火の重なりをその影に映すだろう。

しかしこれは詩の世界である。僕たちが現実に於て、このような愛の調和に達することは、恐らくは極めて稀《まれ》なのだ。悲しいかな僕たちは、常に愛という幻影に憑《つ》かれ、未来の調和を恋人のうちに夢みながら、自己の孤独の意識を絶え間なく欺《あざむ》いているのにすぎぬ。なぜならば、人間は疑いやすい動物であり、少しでも内部の焔が衰えて来ると、直に愛を疑うようになるからだ。それも相手の愛を疑う以上に、自己そのもの、この愛している主体をも疑うようになるのだ。絶対の調和に達したと思われる瞬間を味わったその次の瞬間に、恋人たちはもう味苦《あじにが》い孤独を別々に嚙《か》みしめているかもしれぬ。

従って陶酔的な調和といえるものは、多く、限界状況にある恋人たちが最後の救いとして求めた愛の場合にあるので、従ってまたそれは文学的だと言える。右に引用したボードレールの二行は、「愛する二人の死」という題を持っている。死を目前に控え、他の一切の状況が無視され、ただ二人の魂が燃焼するにまかせられた瞬間、その時には人は最早《もはや》自己の孤独を忘れ、エゴを忘れ、自己を投企することそれ自体に恍惚《こうこつ》となることも出来るだろう。しかし死を前提とした愛は、なるほど見た眼には美しいかもしれないが、現実としては少しも美しくはない。それは文学として美しいだけで、もし文学的な美しさを実演するために死を求めるか、それとも生きて調和に程遠い愛で我慢するかとなったなら、人は勿論《もちろん》、生きる方を選ぶだろう。そしてもしその範囲内で尚かつ愛を美しくすることが可能であるためには、人は燃焼ということを、もう一度考え直してみるだろう。愛は人を燃《も》やすものだ。それならば、この愛を絶やさないように、ゆっくりと、確実に、焔を燃し続けることは出来ないだろうか。

持続

燃焼ということが自己の完全な投企である場合に、人は自己の孤独を忘れるだろう。しかし、結果として孤独を忘れるのでなく、孤独を忘れるため、現実の孤独の意識を逃れ去るために、強いて自己を燃すとしたならば、その愛は根本的にどこか間違っている。

僕たちは煩瑣《はんさ》な日常の俗事に取り囲まれ、生活の渦の中に翻弄《ほんろう》されながら暮している。僕等は魂などというものを忘れ、孤独そのものをも忘れ、生きることの意識さえも忘れて、ただ時間の流れ行くにまかせている。しかし人が愛し始めた時に、彼は日常の次元から空中に飛翔《ひしょう》して、まったく別個の世界に生きるようになるのだ。彼は自己の魂が燃え上るのを感じ、この陶酔感の中で、相手の魂を確実に所有すべく、全力をあげて試み始める。彼は今まで眼にしていた日常の次元の彼方に、今迄《まで》は眼に見えなかった世界、観念の世界を見る。彼は恋人の魂を見る。それは彼に、極めて新鮮な、悦《よろこ》ばしい驚きを与えてくれるだろう。しかし同時に、彼は自己の孤独、この余計な、邪魔な、醜い代物《しろもの》をも、見なければならぬ。もし彼が宙に浮いた、ふわふわした魂だったならば、余計な孤独なんぞという代物に意識を移す必要はないだろう。しかし彼は地上に両足をつけて歩いているのだし、俗っぽい生活は両足の廻りにひろがっているのだし、孤独は人間的な条件として、一刻も彼を摑《つか》まえて離すことはないのだ。もしこの孤独、——この冷酷な、しかし人間的な足枷《あしかせ》さえなかったならば、彼の魂は空中を漂って、愛の焰《ほのお》の燃えるのにまかせながら、相手の魂と忘我の境地をさまようことも出来るだろう。この孤独とは単なる迷妄《めいもう》であり、この愛こそが真の現実であると考えることが出来るならば。もしこの孤独を忘れることが出来るならば。

人はそこからして、自己の孤独を憎み、自己を燃す焰に一層幻視的な魅力を油のように注ぎかける。間違いはそこにあるのだ。彼は自己の孤独を恐れるあまり、愛がこの孤独をなだめ、酔わせ、遂にはそれを殺してしまうように錯覚する。彼はその結果、愛を靭《つよ》くするためよりは、寧《むし》ろ自己の孤独を殺すために、燃える。しかしどんなに燃え上ろうとも、彼が死ぬ以外に、自己の孤独を殺す方法はない。彼が愛に陶酔し、絶対の調和に達したと思っても、それは結局彼の一人芝居にすぎず、酔の醒《さ》めた瞬間に、翼は折れ、魂は足枷に縛られ、自己の孤独が冷然と行手に待ち受けていることを知るだろう。彼が調和と思ったものは、ただ自分一人の幻影にすぎず、二人の恋人たちの間に共通の、唯《ただ》一つの調和があったのではなく、二つの、別々の、幻影があったにすぎぬと暁《さと》るだろう。自分がそれほどまでに燃え上った記憶が、寧ろ白々しく思い返されるだろう。では一体、彼はどこから間違ったのか。

愛の効果は、相手の魂を所有したいというこの熱狂と、自己の孤独を認識するこの理智《りち》との、その両者に公平に懸っているのだ。決してその何れかに偏することはない。そして人が自己の孤独に気づく機会が、逆境にあったり、苦しみを感じたり、死を予感したりする悲劇的な瞬間ばかりでなく、愛するというこの積極的な行為の瞬間にもあるというのは、実は大いに悦ぶべきことなのだ。なぜなら、彼は自己の孤独に思い当るが故《ゆえ》に、愛する対象の持つ孤独についても同時に考え及ぶ筈《はず》なのだし、自己の傷を癒《いや》す前に、まず相手の孤独を癒してやろうと考えることが、愛を非利己的なものに高めて行く筈なのだから。

従って彼は自己の孤独を何等恐れる必要はない。愛に陶酔したい気持と、自己の孤独に戦慄《せんりつ》することとは相互に矛盾しているが、しかし人が自己を知ることは、自己を忘れることよりも、常に百倍も重要なのだ。そして愛は人間をつくり、その魂を清らかにし、その孤独を靭くするためにこそ必要なので、酒や阿片《あへん》のように時間を忘れさせ、意識を溺《おぼ》らせるためにあるのではない。孤独を見詰め、それを自我の基準として相互の孤独を理解すること、そこから愛が育って行くのだ。

燃え上るのは愛の当然の性質なのだが、その焔は絶え間なく燃えなければならぬ。一時に、急激に、燃えるのではなく、自己の孤独の意識によって常に少しずつ冷《さま》されながら、火の消えぬように保ち続けられなければならぬ。愛する瞬間にも自己の孤独に思いを致すというのは、自意識過剰の如《ごと》くに見えるかもしれないが、それは愛という情熱が手放しに走り出さないための、理性の手綱なのだ。理性を喪《うしな》っては、いかなる愛も孤独の描いた幻影というにすぎない。

愛は持続すべきものである。それは火花のように燃え上り冷たい燠《おき》となって死んだ愛に較《くら》べれば、詩的な美しさに於《お》いて劣るかもしれぬ。しかし節度のある持続は、実は急速な燃焼よりも遥《はる》かに美しいのだ。それが人生の智慧《ちえ》といったものなのだ。しかも時間、この恐るべき悪魔は、最も清純な、最も熱烈な愛をも、いつしか次第に蝕《むしば》んで行くだろう。従って熱狂と理智とを、愛と孤独とを、少しも衰えさせずに長い間保って行くことには、非常な努力が要るだろう。常に酔いながら尚《なお》醒めていること、夢中でありながら理性を喪わないこと、イデアの世界に飛翔しながら地上を見詰めていること、――愛に於《お》ける試みとはそうしたものである。その試みは決してた易《やす》くはないが、愛はそれを要求する。

歳　月（挿話）

　彼女はまだ女学生だった頃に、熱烈な恋愛をした。幼い頃に両親を喪い親戚《しんせき》の家に引取られていたが、彼女が愛したのはその家の従兄《いとこ》だった。従兄は東京の大学に通い、帰省して来るたびに成長して行く彼女を驚いたような眼で見た。夏の或《あ》る日、家人が留守の晩に、二人は未来を誓い合った。女学校を卒業すると、彼女は自分の身の振りかたについて叔父と口論し、従兄を頼って上京してしまった。従兄は彼女の無鉄砲さを咎《とが》めはしなかった。そして二人はままごとのような生活を始めた。従兄は大学を出て小さな会社に勤め、彼女は洋裁を習って少しでも家計を助けようとつとめた。田舎の両親は頑固で、従兄がどんなに説明しても二人を許そうとしなかった。しかし彼女は、自分たちが不幸だとは決して思わなかった。

　二人の住んでいた小さなアパートに、従兄の友達が何人も遊びに来た。そしていつのまにか、そのうちの一人を愛している自分に、彼女ははたと気がついた。それはぎょっとするような発見だった。あんなにも従兄を愛していた筈《はず》なのに、この、新しく生れた愛に較《くら》べれば、今までのは子供の遊戯だと言ってもよかった。彼女は苦しみ始めた。

それは戦争が漸《ようや》く烈《はげ》しくなって行く頃だった。まず従兄が召集された。彼女は、あたしを一人ぽっちにしちゃ厭《いや》、と言って泣いた。従兄はKたちがいるから大丈夫だよ、と力づけた。Kというのは彼女の愛している男だった。そして彼女は、従兄に現在の気持を打明けることが出来なかった。

従兄がいなくなってから、毎晩彼女はアパートで泣いていた。Kが彼女を慰めに来てくれた。そして彼女はやがて、自分が少しも泣いていないのに気がついた。涙はすっかり乾いていた。どのように罪だと言われようとも、彼女は自分の心を欺《あざむ》くことが出来なかった。そしてKもまた彼女を愛していた。

やがてKが召集された。機会のあるたびに、彼女は代る代る従兄とKとの面会に出掛けた。しかし彼女はなかなか従兄に真実を打明けられなかった。従兄の属している部隊が南方に立つ最後の面会という時に、彼女は遂にKのことを話した。それが相手に対してどんなに厳しい打撃になるか、彼女は予想しなかったわけではなかった。しかし自分の心が変った以上、この上それを延すことは卑怯《ひきょう》だった。従兄は顔色を変えたが何も言わなかった。君も幸福でね、と最後に言った。彼女は泣いたまま顔を起すことが出来なかった。

Kも後を追うように大陸に出た。彼女はまた一人ぽっちになったがもう泣きはしなかった。彼女は勇敢に働き、自活した。戦争が終って愛する者の帰って来るのを一心に待っていた。彼女が待っていたのはKだった。

戦争は終った。Kは復員し、彼女はKと一緒に暮し始めた。従兄は遂に生きて復《かえ》らなかった。彼女は自分を罪深い女だと考えたが、しかし自分のやりかたは間違っていなかった、自己を欺かずに生きて来たと思った。彼女はKを愛していたし、Kもまた彼女を愛していた。

しかし二人の生活は、どん底のような生活だった。二人は三畳間の間借生活を何年も続け、Kの給料が安かったので、彼女はせっせと洋裁の内職をした。せめて一軒の家を持ちたいと、二人は顔を見合せて呟《つぶや》いた。二人の目的は、少しずつでも頭金を溜《た》めて、公庫でちっぽけな家を建てることだった。二人は遊びにも行かず、喧嘩《けんか》もせずに、せっせと目的のことばかり考えて暮した。家を建てることが、二人の愛の確実な証拠であると思った。間借の生活はあまりに惨《みじ》めだった。

八年ほど経《た》って、二人は漸く公庫で家を建てることが出来た。建築の進行している間、二人はちょっとでも暇があると現場を見に行った。引越をした晩に、二人は手を取り合って畳の上をくるくる転げ廻った。安物の蓄音器を友人から借りて来て、夜遅くまで二人で踊った。二人で踊ったのはこれが初めてだった。

しかし次の日、Kが勤めに出たあと、彼女はひとり新しい部屋の掃除をしながら、ふと、自分が少しもKを愛していないことに気づいた。急に夢から覚めたように、自分が孤独なのに気づいた。一体何のために今まで暮して来たのだろう、自分は誰を愛していたのだろう。――そう彼女は自分に尋ねた。せっせと新しい畳を拭《ふ》きながら、彼女は自分の手の動きを、まるで他人の手のように見詰めていた。

統一

愛は持続することによってのみ、その真実の力を発揮する筈だが、持続ということは言葉ほどにた易《やす》くはない。なぜなら、同じ愛の状態が永続することはあり得ないので、その間には、潮の満ち干《ひ》きするように、自ら緊張した状態と弛緩《しかん》した状態とが繰返されるだろう。愛が持続するのは、二つの魂の間の調和が、初めに結びついた時の緊張を失うことなく、絶えず少しずつ強められて行った場合に限られている。即《すなわ》ち、愛によって孤独が癒《いや》され、二つの魂の間に隙間風《すきまかぜ》のはいることがなく、孤独が共通の孤独となり魂がもはや区別できないものになったとしても、愛する二人のエゴが、その機能を失ってしまったのでは何にもならない。たとえ共通の孤独、区別の出来ない魂といったところで、二つのエゴによってこの愛が成立する以上、そこには常に二つの判断があるのだし、この判断が必ず一致するとは限らないのだ。もし二人の人間が同じように理解し、同じように判断するとしたならば、それは一人の方が自分のエゴを殺してしまった結果だろうし、また、もしもそんな双子のような精神が存在したとすれば、二人の間に愛は少しも弁証法的に働かず、最初の状態から人間的に進歩するということもあり得ないだろう。

従ってどんなに理想的で、調和的な愛に於《お》いても、そこに二つのエゴが働く以上、愛はエゴとエゴとの争闘であると言うことが出来る。愛の最初の状態では、人はのぼせ上って幻視的になっているから、スタンダールの言うように、恋人を常に申し分のない、完璧《かんぺき》な存在として見る。しかしその状態がそのまま続くのではなく、時と共に、愛する者はとんでもない欠点をも恋人に発見し、自分の愛が少しばかり動揺することも起り得るだろう。判断が相手と違うこともあり、エゴが相互に譲らないこともあり、より完璧だと思われる他の異性が眼に映ることもあるだろう。そういうことは、彼の愛が醒《さ》めたことを示すのだろうか。愛の終ったことの証拠なのだろうか。——いな、もし真の愛、持続を可能ならしめる愛が生れるとすれば、それはそこからである。

一時的に燃焼した、火花のような愛に於ては、人はしばしば理性を喪《うしな》っている。しかし愛が人生に豊かな収穫を与えるためには、その愛が理性に耐え得るもの、そして時間に耐え得るものでなければならぬ。完璧な人間などどこにもいる筈はないし、人間はすべて自己の魂の中の暗闇《くらやみ》を少しずつ明るくして行く他には、一歩も足を踏み出せない存在であることを知らなければならぬ。もし相手が完璧であるならば、愛する者はその影の中に生きることで、即ち相手の影響の中に自己の個性を殺して生きることで、自らも完璧たることが出来る筈《はず》だが、現実には、彼は相手が完璧でないことを認め、相手の判断に誤りのあることを認め、相手を明るみへ歩み出させるために、その手を引くことが必要な場合も生じて来よう。もしその時に、彼が今迄《まで》の幻影の破れたことに絶望したり、相手が自分と同じように考えないことに憤慨したりして、手を引く努力をやめてしまったとすれば、それは人間的ではないし、従ってまた愛でもない。手を引くことは同時に相手に手を引かれることであり、愛する二人というものは、お互いに人間らしい間違いをしばしば犯しても、なお許し合い、理解し合い、希望し合いながら、同じ道を歩んで行くものだ。相手が完璧でないことを知り、それ故《ゆえ》に、一層深く愛することが出来るというのでなければならぬ。

愛は相手の孤独を所有する試みだが、必ずしも相手は孤独を所有されるままに、或《あ》るいは手を引かれるままに、おとなしくしているとは限らないだろう。もしその相手が断乎《だんこ》たる個性を持ち、自己のエゴを尊重するならば、却《かえ》って反抗して来る場合も起り得るだろう。愛するどうしが、お互いに尊敬し合っているために、常に自分を相手のために犠牲にするように、自己の意志を通さないように譲り合っているとすれば、その二人の間にあるものは尊敬でもなく、また殆《ほとん》ど愛でもない。よくよくの場合でない限り、自己を犠牲にすることから人間的な愛は生れない。なぜなら人は誰しも、自己を生かすように生れついているのだし、自己が正しく生きなければ相手もまた生きているとは言えないのだから。二人の愛し合う人間は、二人が同時に、精いっぱいの範囲で、生きなければならぬ。

従って愛が一つの統一であるためには、二人の人間が相互に譲り合うことよりも、相互に闘い合うことの方が、更に重要である。闘うとか反抗するとか言っても、僕は決して、恋人どうし夫婦どうしで喧嘩《けんか》をしろと言っているのではない。お互いに自己の理性的な判断を主張し合い、愛という共通の場の範囲内で、二人がその愛を正しく成長させるための方法を、遠慮することなく論じ合う必要があると言いたいのだ。二人のうちの一人（それは多く男の方だが）の意見のみが用いられるとすれば、それは二人の愛ではなく彼一人の愛にすぎず、統一ということはあり得ない。愛は弁証法的に、一人の考えが他によって修正され、それがまた反対に修正されることによって、統一の場がひろげられて行くのだ。そうした場合に、お互いの孤独は傷つけられるかもしれないが、それは湧出《ゆうしゅつ》して来る愛によって、直《ただ》ちに癒される筈だ。それでなければ愛は次第に甘やかされ、腐蝕《ふしょく》され、孤独の傷痕《きずあと》を癒すだけの力を持たなくなり、小さな喧《いさか》いすら、相手を傷つけるための武器となってしまうだろう。愛を信じないで口にする限り、一つの言葉でさえも、た易く相手の魂を殺すことが出来る。

理想

孤独というものは傷つき易《やす》いものだが、もしもその傷が、愛している相手から与えられた場合には、傷は一層深い。愛という共通の場に何等かの波瀾《はらん》が生じたとすれば、その時愛し合う二人はどちらも傷つく筈《はず》だ。それなのに、自分の方が余分に傷つけられたと考える人間、自己の孤独を常に優先的に考える人間にとっては、愛はそこから崩れ始める。必要なものは、自分が傷ついたのと同じように相手も傷ついているという、極めて簡単な推察なのだが、エゴの強力な人間には相手の孤独が見えない。これはあやまった、無益なエゴである。二人の人間が一つの愛に統一されているならば、彼等は、自己の眼で見ると共に、常に相手の眼でも物を見なければならぬ。相手の傷を自分も嘗《な》めなければならぬ。それでこそ孤独が癒《いや》される筈なのだ。しかし悲しいかな、人は傷つけられたのが自己の、自分一人の、孤独だと思いやすいし、相手が無条件にそれに同情してくれることを望みたがるのだ。まるで愛する対象が、自分のためのものであるかのように。自分もまた、相手のためのものであることを忘れたかのように。

従ってエゴという諸刃《もろは》の武器は、人間を人間たらしめる有用な武器である反面、相手をも、また自分をも、傷つけやすい。愛の調和を試みるものもエゴなら、それを一気に破壊するものもエゴであり、愛の試煉に当って、「私」と「お前」という別個の人称で物を考えるのでなく、「我々」という複数形で考えるのでなければ、エゴはいつかは衝突してしまうだろう。建設のために積み重ねられた努力が、破壊のためにはどんなに簡単な、些少《さしよう》の動機で足りることか。愛の持続ということがむずかしいのは、情熱の高潮した瞬間に、この愛は完成された、この愛は今や頂点に達したと、人があやまって信じるからだ。もしその瞬間に愛が完成したのならば、そのあとにあるものは今までの惰性であり、単なる習慣というにすぎなくなるだろう。愛にはそのような完成というものはない。愛には終りがない。愛する二人が生きている限り愛は続くのだし、たとえその一人が死んでも、記憶というものがある限り、残された者の記憶の中で愛は生き続けるだろう。最も古い神話が、人間的な愛の原型を既に示している。火の神を生んで死んだイザナミノ命《みこと》を追って、イザナギノ命は黄泉国《よもつくに》に降ったし、ギリシャの楽人オルフェウスは、蛇に嚙《か》まれて死んだ妻エウリディケーを尋ねてハデスの国へ行った。それは古代人によって考えられた愛の理想的な形である。

しかし現代人は、最早《もはや》そのような愛を信じることがむずかしくなっている。僕たちにとって、持続ということは愛に限らずた易くはない。僕等の神経は多方面に触角を延しているし、僕等の精神は凝集するよりは放漫に流れることを好む。そして持続が、単に一つの状態の存続ではなく、刻々に高まりながら進行して行く連続的過程である以上、僕等は内面の情熱を常に新しく見直すだけの豊富な想像力を持つ必要があるが、こうした想像力も、現代人が失いつつあるものの一つなのだろう。

愛は二人の人間が相互に信じ合うことを要求するが、単に信じ合うだけでは、愛の場はそれ自体で鎖《とざ》されていて、次第に衰えて行くかもしれない。愛の場をひろげるために必要なのは、二人に共通の、統一された、想像力である。それは一種の豊かな幻想であり、最早「私」のものでも「お前」のものでもない、「我々」の夢みる愛の理想の形である。二人の、嘗《かつ》てはまったくの他人であった人間どうしが、愛というこの共通の場に於て、あらゆることに可能性を見出し、内部にみなぎる力を感じ、すべてが善でありすべてが美であると信じることが出来るのは、愛が想像力によって富まされたからだ。そのような愛のみが持続し、そのような愛のみが、二人だけの単位から、次第にひろがり、人間的に、また人類的に、愛の場をひろげて行くことが出来るだろう。孤独はその時、最早傷つけられやすい脆弱《ぜいじゃく》な代物《しろもの》ではなく、エゴを正しく導いて行くための、正当な指針となるだろう。愛は決して終らないだろう。

融晶作用

しかし愛は、僕たちの周囲で、しばしば終っている。寧《むし》ろ愛の持続することの方が珍しいほど、愛は内部的に急速に崩壊する。そのことの原因を今さら探り求めても、僕たちは何の手だてをも見出さないだろう。愛が本質ではなく現象であると信じている人々にとって、愛はすべてうつろいやすいものだ。

文学的なフィクションが、愛の創られて行く過程、即《すなわ》ちスタンダールが「結晶作用」と呼んだものを、主題として多く扱うのは、そこに愛というものについて、僕たちの中に当然眠っているロマンチックな希望に、訴えようとするからだ。これに対して、愛の次第に破滅して行く過程を文学の主題としたものは意外に尠《すくな》いが、しかし現実に於《おい》ては、前者と同じように後者もまた数多く見られるだろう。それを「結晶作用」に対して「融晶作用」dēcristallisation という新造語で呼ぶことが出来るかもしれぬ。この主題に最も関心を持った小説家は、恐らくアンドレ・ジイドだろうが、例えばその作品「ロベール」などは、まだ主題の完全な表現に成功したとは思われない。

僕は既にスタンダールの考えた「結晶作用」の七つの時期を引用したが、ここに僕の思いついた「融晶作用」のプロセスを、スタンダールに倣《なら》って書いてみよう。

一、馴《な》れる。
二、もしも彼女と愛し愛されるのでなかったなら、どういうことになるだろうかと考える。
三、しばしば裏切られる希望。
四、不満が生れる。
五、最初の融晶作用（ここに融晶作用と呼ぶのは、愛している筈の対象の中に、自分が愛するにふさわしくない点を更に新しく発見して来ようとする精神の作用である。）
六、憐憫《れんびん》が生じる。
七、第二の融晶作用（そこでは、愛する者は絶えず三つの考えの中をさ迷う。第一、彼女は少しも完璧《かんぺき》ではない。第二、彼女は自分を愛していない。第三、彼女からこれ以上新しい愛のしるしを得ることが出来るだろうか。）

愛は必ずしも、このような図式通りに崩壊して行くわけはない。それは速かに、殆《ほとん》ど悪魔的に、起る場合もある。また反対に、長い時間をかけて、漸く、今までの自分が単なる迷妄《めいもう》の中に沈んでいたことに気づく場合もある。愛は形のないものだから、愛を疑い始めた以上、彼の精神にブレーキを掛けるのは彼の理性しかない。しかしすっかり弛緩してしまった精神に対して、理性の働きかける余地は残されていないだろう。

崩壊期にある愛とは、意識と忘却との闘いである。愛し続けている間は、人は絶えず意識の上に相手の姿を思い描いている。その場合に、一緒にいるということは問題ではない。ジュール・ロマンが「もし船が……」の中で描いたように、恋人の不在は一層愛する者の情熱を掻《か》きたてることがある。不在が却《かえ》って愛を強くするのは、愛の持つ幻視的な作用と言える。しかしその愛が揺《ゆら》ぎ出し融晶作用が起り始めると、今度は逆に、眼の前にいる相手のことさえ、つい忘れてしまう場合が生じる。相手の眼で物を見ることをやめ、二人の共通の視点で物を考えることをやめる。彼の意識にあるものは、ただ自己の孤独のみとなり、磯《いそ》を洗う波のように、忘却が心のうちに寄せたり引いたりする。そして次第に忘却が勝利を占め、意識の上から相手の存在を消し去って行くにつれて、愛は次第に無関心によって腐蝕《ふしょく》される。完全な忘却、その時に愛は死ぬ。そして人は最早《もはや》、嘗《かっ》ての恋人のことを少しも思い出さなくなるだろう。たとえその二人が尚《なお》も交際を続けているとか、夫婦として一緒に暮しているとかしても、お互いの心の中に忘却があり、二人の意識が共通の場を持たない以上、愛はそこで死んでいるのだ。二人が会話を交すとしても、それはおのおのが独白を洩《も》らしているにすぎず、精神の躍動した対話ではない。彼等は既に言葉というものの機能を忘れているので、幻想も、想像力も、言葉もない愛というものは、最早愛と呼ばれるに値しない。眼にするものが見えず、現にそこにあるものを既に忘却するというのは、精神のいたましい敗北である。

砂浜にて（挿話）

春になって、幾台もの遊覧バスが、伊豆の西海岸沿いに砂煙をあげて走った。一人の中年の男が、気分の悪そうな顔をしてそのうちの一台から下車すると、小さな港町の宿屋へはいった。どんな理由を述べたにせよ、それが単なる口実にすぎなかったことは、宿屋へ着くとすぐに彼が元気になったことでも明かだった。彼は砂浜に出て、磯《いそ》づたいにぶらぶらと歩いた。

午後の太陽が海の上に耀《かがや》き、海はおだやかに凪《な》いでいた。岬に築港工事のクレーンがゆるく動き、山の中腹に桜の花が白っぽく咲き残っていた。男は自分の影を踏んで歩きながら、子供に返ったような顔をして、時々足許《あしもと》から貝殻を拾い上げ、暫《しばら》く手の中で弄《もてあそ》んでから、砂の上に投げた。遠浅の砂浜の上に鴉《からす》の足痕《あしあと》が点々と刻まれていた。

男が考えていたのは、殆《ほとん》ど二十年も昔のことだ。まだ大学生だった頃、彼は一夏、この港町で過したことがある。彼は表通りの煙草《たばこ》屋の二階に下宿して、昼間は泳ぎ、夜は薄暗い電燈の下で本を読んだ。それは単調な生活だったが、直にその単調さは破られた。彼は恋をしたのだ。相手は町の小学校の校長先生の娘だった。しかし二人の恋は、夏の終りまでも続かなかった。二人は口喧嘩《くちげんか》をし、彼は予定よりも早くそこを引上げてしまった。東京へ帰ってから、娘から幾度か手紙が来た。翌年の春に来たのには、父が転任するから、もう今年の夏は此所《ここ》ではお目にかかれないと書いてあった。彼は返事を出さず、いつのまにかその娘のことを忘れてしまった。大学を出、今の会社にはいり、やがて結婚したので、それ以来、この港町に二度と来たことはなかった。

しかし彼は本当に忘れたのだろうか。この二十年近い歳月の間に、彼が何かにつけて思い出すのは、僅《わず》か二ヶ月の間しか知らなかったその娘の面影だった。記憶の中では、娘は少しも年を取らず、いつも唇を尖《とが》らせて彼に議論を吹きかけて来た。あの人は気が強すぎたから、それで自分は嫌いになったのだ、と彼は考えた。勝気そうな、眼のぱっちりした、陽焼した娘だった。しかし彼は、決して嫌いになって別れたのではなかった。

彼の記憶を重たくするものは、娘の方が彼を嫌ったという事実だった。「あなたは人を馬鹿《ばか》にするから嫌いよ、」とか、「意地悪するから嫌いよ、」とか、しょっちゅうそんなことを言っていた。しかし彼は、馬鹿にしたことも意地悪をしたこともなかった。彼はびくびくしていたのだ。夜、二人がこっそり浜であいびきをする時など、校長先生にばれはしないかと心配した。「男のくせにびくびくする人だい嫌い、」と娘は言った。彼には、どうやって娘の御機嫌を取ればいいのか分らなかった。しかし彼女と一緒に、星影の降るような磯づたいに歩いて行く時に、彼は言いしれぬ幸福を感じていた。

一体何が原因だったのだろう。——この二十年の間、その疑問が時々彼の念頭に浮んだ。いつから彼女を愛することをやめたのだろう。

娘は町の若い男たちとはすっかり馴染《なじみ》で、陽気に冗談を言い合ったりしていた。彼は都会人らしい繊細な神経の持主だったから、町の連中の遠慮のなさを、心の中では羨《うらや》ましいと思っていた。彼等は平気で娘の背中を叩《たた》いたり、手を取ったりした。彼には指一本触ることさえ出来なかったのに。もし彼が連中の悪口でも言おうものなら、「あなたは意気地がないのよ、」とやっつけられるのが落だった。彼は確かに、連中の誰彼となく嫉妬《しっと》していた。

破局は極めて簡単に来た。どうしてまたそんな馬鹿なことを言ったものか、彼には分らなかった。恐らく娘の日ごろの勝気さが、つい彼に反射的に口を切らせたに違いない。彼が泳ぐのにも飽きて、砂浜で逆立の稽古《けいこ》をやっていると、娘がすぐ側に来て彼を見ていたのだ。

「君には出来ないだろう？」と彼は言った。

昼間は、二人はなるべく人目に立たないようにしていた。二人が会うのは主に夜だった。しかしその時は、偶然に彼女が側にいたので彼は有頂天になったのに違いなかった。

「出来るわよ、あたしだって。」

娘は水着姿だったが、彼がはっと思った瞬間には、もう両手を突き、片脚ずつ宙に跳ねた。と同時に、片手ががくんと折れ曲り重心を失った身体《からだ》が砂浜の上に投げ出された。しなやかな手足が砂まみれになって回転した。

彼が抱き起そうかどうしようかとためらっている間に、弥次馬が娘の周囲に集って来た。娘は急いで身を起すと、慌《あわ》てて海の方へ走って行った。しかしその短い瞬間に、彼は娘の声を聞いたのだ。

「あたしに恥を掻《か》かせたわね。」

男はいつまでも貝殻を拾ったり投げたりしていた。娘が転んだのはちょうど浜辺の此所らへんだった。太陽の光線はもっと熱く、男はもっと若かったのだ。砂にまみれたすんなりした脚が、いつまでも彼の網膜に焼きついていた。

彼はその勝気な娘を愛していた。しかし娘が彼を嫌っている、特に逆立のしそこないがあってからは彼を憎んでいると考えて、自分から諦《あきら》めてこの港町を去って行ったのだ。娘が後からよこした手紙にも返事を出さなかった。そして彼は忘れようとつとめた。都会では気を紛らすことが沢山あった。そして彼は次第にその夏のことを忘れて行った。彼女のことを思い出すたびに、ああ今まで忘れていたなと考えた。しかし彼女を知っていた夏の二ヶ月の間よりも、その後の二十年間の方が、心の奥底で、一層深く愛していたのかもしれない。どうして自分は嫌われたのだろうという疑問が、心にこびりついて離れない限り、忘れ去ることは出来なかった。

男は渚《なぎさ》をゆっくりと歩き、工事の現場などを見てまた宿屋の方へ戻った。陽はもう沈みかけていた。沖にある生簀《いけす》に、鴉が黒々と固まっていた。

その時、彼は気がついた。——自分は嫌われていたのではなかった。自分が愛する以上に、娘は自分のことを愛していたのだ。口癖のように嫌いと言ったのは、好きだということとの裏返しの言いかただった。逆立だって、はっきりした愛情の表現だったのだ。何という自分は馬鹿だったのだろう。そして男は、砂まみれになった手足や、怒ったようなきらきら光る娘の眼を、ありありと思い出した。彼は今までの疑問を解いたことに満足した。

男は宿屋へ帰り、その晩は早く寝た。翌朝、むかしの下宿を訪ねてみることもせず、彼はバスに乗って会社の仲間たちのあとを追った。男の顔から若々しいものが消え去り、また以前の、実直らしい勤人の表情が返って来た。バスの砂煙と共に、彼の二十年前の記憶も意識の深層に沈んでしまった。再び浮び上ることもなく。

失恋

愛というものは、人が対象を決定し、その相手を愛すると自分に誓った上からは、その愛がどのような結果を招こうとも、それは彼自身の責任で、相手の責任ではない。愛が二人の人間によって試みられる以上、最初の決意がどのように固く、彼がいかに誠実であろうとも、相手の意志を曲げてまで、自分の思い通りに愛し愛されるとは限っていない。そこに愛が危険な試みに他ならぬ第一の原因がある。即《すなわ》ち、愛というものは常に相対的であって、一方だけの情熱とか、信念とか、希望とかいうものによって決定するわけにはいかない。

従って愛が持続すべきものであるとか、調和が必要であるとか言っても、自分にふさわしい対象が得られない限り、それはすべて夢想にすぎぬ。どんなに熱烈に愛したところで、対象が自分に一顧をも与えてくれない場合、謂《い》わゆる失恋と言われる場合に、人はしばしば愛の不可能を嘆いて、自ら孤独の壁に、自分の頭を打ちつける。或《ある》いは性格が違うとか、環境が一致しないとか、理解が足りないとか、そういう様々の理由をくよくよと思い悩み、自己の内部の力を沮喪《そそう》させ、本来は、相手の愛によって癒《いや》そうと虫のいいことを考えていた自己の孤独と向き合って、生きることの希望さえも失ってしまう。もし彼がその愛に全身を投企し、それ以外の愛を考えることも出来ず、ただこの試みに彼の人生を賭《か》けたのであったならば、愛を得られなかったことに対するこうした絶望は、無理もないことなのだろうか。彼は孤独の壁に頭をぶつける以外には、何ひとつ為《な》し得ないのだろうか。

いな、僕はそうは思わない。

愛を得られなかった時の絶望は、確かに比較するものもないほど暗いのだ。彼は一切の幻視的な能力を失い、最早《もはや》、自己の孤独のざらざらした感触の他に、何も感じなくなる。その孤独は、沙漠《さばく》のように果しなく、荒涼たるものとして、彼の眼に映って来る。しかし実際には、彼の孤独は前とは少しも変ってはいない筈《はず》だ。それは彼が愛を試みる以前に於《お》いても、やはり果しなく、荒涼としていたに違いないのだ。ただ彼は、それを今ほど凝然と眺めなかっただけのことだ。今は、他に見るものもなく、ひたすら内部に首を突っ込んでこの深淵《しんえん》を覗《のぞ》き込んでいる。それが異様に暗く絶望的に見えるとしても、変ったのは孤独ではなく、ただ彼の眼、或いは内部に鎖《とざ》された視野というにすぎない。

彼が絶望するのは、彼の愛が成功しなかったことに対する痛恨なのだが、しかし対象を決定したのも彼、その愛を試みたのも彼である以上、いかなる絶望も彼の責任に於てなされなければならない。選択するということは、その選択が間違った場合にも、自己が責任を取ることに他ならない。そうとすれば、彼が自己の孤独を凝視する機会を得たことは、かえって悦《よろこ》ばしいことではないのだろうか。なぜなら、人が生に向って出発するのは常に孤独からなのだし、もし彼がその絶望に負けたきりにならないで、再び生に出発するならば、次の機会に愛を試みる時には、彼は愛が孤独の上に立脚するものであることを充分に理解しつつ、自己を投企することが出来るだろうから。そしてたとえ失敗を繰返そうとも、愛に於て失敗することは少しも恥ずべきでないことを知るだろうから。自己の責任に於てなされているというのは、彼の孤独が、失敗によって次第に靭《つよ》くされ、恐れることなく自己の傷痕《きずあと》を眺められるようになることを意味している。彼は孤独を恐れないように、最早、愛をも恐れないだろう。

失恋というこの痛手は、彼を孤独と向き合せるからといって、決して心の中の愛を消し去るわけではない。最も悪いのは、愛が得られなかったために、かえって相手を憎む場合だ。このような憎しみからは醜い歪《ゆが》んだ観念の他には何ものも生れず、それは自己の孤独を一層暗くしてしまうだけだろう。いな、失恋によって愛は失われたのではない。失われたものは単に一人の対象にすぎず、そうした時でも、彼はなお相手を愛し続けることも出来る筈なのだ。そしてそのような望みのない愛が無益であると考えることはた易《やす》いが、もしこの焔《ほのお》を燃え続けさせるものが善意であって、決して自己欺瞞《ぎまん》でも自己憐憫《れんびん》でもないとすれば、僕にはそれを無益だと言い切ることは出来ない。しかし愛はあくまで二人の人間の共通の場に於て成立するのだから、僕は彼がいさぎよく諦《あきら》め、彼の孤独を靭く保つことによって、過去を忘れ去るのが一番賢明であるように思う。選択したのも彼、失敗したのも彼、——しかし自己の孤独を恐れることなく見詰め得る人間にとって、生は必ずや無限の可能性を含んでいる筈だ。一つの愛が此所《ここ》に終ったとしても、新しい愛は更に遠い地点で彼を待っているだろう。

愛の試み

人が一生に於て唯一《ただ》人の人をしか愛し得ないと考えることは、やや文学的にすぎる。愛は要するに繰返しであり、その繰返しに於て少しずつ愛の自覚が加えられて行くならば、それで満足しなければならないだろう。これに反して孤独は彼自身のものであり、初めもなく終りもなく、また繰返しもない。

もし人が初めの愛に於て理想的な恋人を得、その愛の持続の間に一生を終ったとするならば、それは羨《うらや》ましいことには違いないが、現実は普通もっと傷だらけのものだ。僕たちは真に心を許し合える対象を見出すまで、傷痕《きずあと》を自ら癒《いや》しながら、この生を続ける他にはないだろう。僕はドン・ジュアン的な意味で、愛が繰返しだと言うのではない。愛は多くの場合、一種の幻覚であるが、孤独は紛れもない人間の現実であり、愛は成功すると失敗するとに拘《かかわ》らず、この孤独を勒《つよ》くするものだと言いたいのだ。真に生命を賭《か》けて愛した者でなければ、孤独を勒くすることは出来ない。孤独という言葉の持つ詩的な響が、もしもそれを弱いもの、傷つけられたもの、不毛のものとしての印象を与えるとするならば、僕はこの言葉を、より積極的な意味で使っていることに、注意してほしい。弱い孤独によって愛した人間は、その愛もまた弱いのだ。孤独と孤独とがぶつかり合う愛の共通の場というものは、愛するどうしが助け合い、慰め合い、同情し合うことのみを目的としているのではない。孤独はエゴの持つ闘いの武器であり、愛もまた一種の闘い、相手の孤独を所有する試みなのである。

「夜われ床にありて我心の愛する者をたづねしが尋ねたれども得ず。」

僕は「雅歌」のこの言葉を好む。これは人間の持つ根源的な孤独の状態を、簡潔に表現している。この孤独はしかし、単なる消極的な、非活動的な、内に鎖《とざ》された孤独ではない。「我心の愛する者をたづねしが」――そこに自己の孤独を豊かにするための試み、愛の試みがある。その試みが「尋ねたれども得ず」という結果に終ったとしても、試みたという事実、愛の中に自己を投企したという事実は、必ずや孤独を靭くするだろう。それは徒らに、救いの来るのを望んでいる孤独ではない。愛によって自己の傷の癒されるのを待っている孤独ではない。孤独の方が愛に、向って、愛を求めて、迸《ほとばし》り出て行こうとする、そうした精神の一種の行為なのだ。愛が失敗に終っても、失われた愛を歎《なげ》く前に、まず孤独を充実させて、傷は傷として自己の力で癒そうとする、そうした力強い意志に貫かれてこそ、人間が運命を切り抜けて行くことも可能なのだ。従って愛を試みるということは、運命によって彼の孤独が試みられていることに対する、人間の反抗に他ならないだろう。

解説

竹西寛子

日本では、たとえばゲーテの『詩と真実』にあたるのがどなたの何という作品であるのか、モンテーニュの『随想録』やアランの『精神と情熱に関する八十一章』にあたるのがどういうものなのか、不勉強の私はよく知らないが、このような作品が、読者に対して、結果的に啓蒙《けいもう》のはたらきをしていることと、作者があらかじめ他人の啓蒙を図って書くのとは別のことだと思う。

読後の感想を語りはじめれば、感想は連想を呼び、連想は人間に限らずこの世界を気ままにかけめぐって、それこそ一夜といわず十夜といわず、とどまるところを知らぬ発言に駆り立てる個性的な三作であるが、更に、もう幾年か経《た》って読めば、きっと今以上の豊かな気分を経験できるに違いないという予感をそそってきた点において、これらは、私の中で一つの環《わ》につながっている。

この予感は、求めて得られなかったもの、充たされようとして充たされなかった何かの、ものほしさや願望に煽《あお》られた予感ではない。それどころか、その折々の自分は、読者として、分析も帰納もしきれないほどの充足感を味わっている。しかも、今の自分にはこうとはっきりわからなくても、やがてより高い、より深い視点で作品との関係を改めた時、この充足感は、必ずよりよく改められるはずだという、その時その時の自分にふさわしい読書の充足感が、充足感そのもののうちにひそめている、限度の自覚の属性なのである。

こうした自覚が、作品の質によるのはいうまでもない。読者は、一見受け身の姿勢で、しかし事実は、受動と能動との渾然《こんぜん》となった行為としてこの自覚を、この予感を促されるのであるが、貧しいながら私の読書体験によると、作者の啓蒙意図の見えすいているような文章には、少くともこうした予感は刺戟《しげき》されなかった。

人が、人として思索し、思考することの幸せが、言葉によって意識的に生きることのよろこびが、優越感や劣等感となって安直におさまるのではなく、幸せやよろこびの相対性の自覚に結びついて、更に豊かな幸せへの、よろこびへの勇気を育てて行く例は、そうした自覚に結びつかない例よりも遥《はる》かに少いと思われる。

今ひとたびの、後の日の読後の落胆など思いもよらず、新たな充足感が、疑いもなく常に予感されるというのは、改まって考えてみれば大へんなことである。それなのに、私は大へんなことだなどとは少しも考えず、『詩と真実』を、『随想録』を、『精神と情熱に関する八十一章』を、部分的にもせよ、一度ならず読まされてきたし、その反芻《はんすう》に助けられてもきた。その上、こう書いている今でも、これらの作品との、かつてなかったよい関係を、当然のように自分の後日に想像させられている。私は己惚《うぬぼ》れているのか。それとも、あまりに楽天的なのか。

ふり返ってみると、福永武彦氏の『愛の試み』にも、自分は同じような経緯でつながってきたと思う。そして、同じような経緯でのこのエッセイと自分との後日が予感されるのを、私は読者の己惚れではなく、幸運と思いたい。

はじめてこのエッセイを読んだのは、大学を出て三年目という時期で、当時このエッセイは、『新恋愛論』の題名で、雑誌「文芸」に連載されていた。強い観念が、人を拒まない易しい言葉につつまれていて、そういう言葉が重なり合ったり、弾《はじ》き合ったりしながら、感覚尊重のうちに、徐々に、着実に、抽象的、形而上《けいじじょう》的世界がつくり上げられてゆくのを、今に劣らず好もしく読んでいたから、題はよくある題でも、珍らしく清新な、違和感を強いないこの形而上的思考が、毎月、少しでも多く発表されるようにと待ち望んでいた。

それにしても、珍らしく清新な、などというのは身の程知らずもいいところである。ただ、ほんの少し言訳させてもらうなら、時勢ということは確かにあって、その頃はつぎはぎの人生論が多く世に出廻っており、にわかに輩出した光の証人が、新聞や誌面で弁を競っていた。そういう時勢の中で、『新恋愛論』は、作者の肉声の苦渋の輝きによって、清新と言わずにいられない爽やかさを保っていたのである。

もの思う者を躊躇《ちゅうちょ》させ、佇《たたず》ませ、時には後退《あとじさ》りさえさせてしまう、存在にかかわる疑いに対して、直截《ちょくせつ》な解答らしきものは何一つ示されていないのに、人が疑いをもち、疑いにこだわりながら生きることを、美しいと思わせるものがこのエッセイにはあった。

多くの人々との生別も死別も知ってしまった老人の孤独が、小学校にもまだ上っていない幼児にわかるはずはないが、孤独というなら幼児にも幼児の孤独はあって、様相こそ違っていても、いずれかの様相を無視しなければ成立たない孤独の論なら、底が知れていると思わせるような気味の悪さもこのエッセイにはあった。

作者は、決して光の証人になろうとせず、また、あえて闇《やみ》の証人になろうとしているわけでもなく、断定を迫られれば迫られるほど、事柄の厄介さと向い合うという気配が見えたから、その意味では、颯爽《さっそう》というにはほど遠い文章だったと言える。そして私は、その颯爽とできない文章に、たとえようのない爽やかさをおぼえたのだった。

分量も加えられてこのエッセイが一本にまとまった時、作者は題名を『愛の試み』に改めている。書肆《しょし》の要請で不本意を強いられた作者が、ようやく本意を遂げることのできた事情は、最初の単行本のあとがきにくわしい。

『愛の試み』は、人間の孤独についての、終りのない思索の書である。作者の小説の読者の中には、このエッセイを、作者の自作解説と見る向きがあるかもしれない。日本文学の過去に通じていながら、古典一辺倒にも、西欧偏重にも陥らない作者の文学の、観念の支柱をここに確認しようとされるかもしれない。

じっさい、作家というのは、他人の解説をまつまでもなく、一つの作品の解説を、他の作品の中で、そうとも気づかず自然に行なってしまうようなことも珍らしくないから、ましてやこうした観念の体系に接すると、読者として思い当る節々は少くない。しかし、そうは言っても、作品というものはそれほど都合よく単純ではないし、言葉の機能の本質も、割り切れなさをすっかり排除したのでは維持されなくなってしまう。

そこで、エッセイストとしての福永氏は、あくまでエッセイストとして、作家の福永氏と区別しなければならないが、作家としての福永氏が、エッセイスト福永氏を助けている事実は否定できなくて、それは、この『愛の試み』の中に挿入《そうにゅう》された、原論の実践篇あるいは応用篇ともいうべき掌《てのひら》小説には言うまでもなく、論自体の具体的な導入法にもよくあらわれている。

導入から展開の紹介も行なわず、『愛の試み』は、人間の孤独についての終りのない思索の書だと言ったが、この思索のリズム、思考の流れこそ、私ども読者が作者とともに経験すべきものであって、紹介の困難も事実なら、あえてそれを行なわないことに多少の良心らしきものを認めてもらいたいのも事実なのである。

このエッセイの中で、私が心にとめている言葉は少くない。少くない中から、一つだけというなら、「孤独の充実」を選ぼうか。「孤独の靭《つよ》め」にも通う言葉である。

運命によって、人間の孤独が試みられていることへの人間の反抗が、つまり愛の試みなのであり、愛は隔離されるべきものでなく、溢《あふ》れ出すべきもの、持続すべきもの、イデアの世界に飛翔《ひしょう》しながら地上を見詰めていることを、たやすくはないが、愛は要求しているとみる作者にとって、その折々の孤独の充実は、投げ出されることで始まった人生を、優越感にも劣等感にもまどわされないで、問いながら、逃げも下《お》りもせず、人間の名で生きる条件とされているように思う。「愛の試み」とは何と象徴的な題名ではないか。

世に溢れれば、時に自分から禁じたくなるような孤独という言葉であっても、『愛の試み』を読み直せば、そう思うことのほうがあさましく、こういう用法でなら、遠慮なく孤独という言葉は使われると自得させられるのも、私には本書の効用の一つなのである。

（昭和五十年三月、作家）

この作品は昭和三十一年六月河出書房より刊行された。

福永武彦著
草の花
あまりにも研ぎ澄まされた理知ゆえに、友を、恋人を失った彼——孤独な魂の愛と死を、透明な時間の中に昇華させた、青春の鎮魂歌。

福永武彦著
忘却の河
中年夫婦の愛の挫折と、その娘たちの直面する愛の不在……愛と孤独を追究して、今も鮮烈な傑作長編。池澤夏樹氏のエッセイを収録。

堀辰雄著
風立ちぬ・美しい村
高原のサナトリウムに病を癒やす娘とその恋人の心理を描いて、時の流れのうちに人間の生死を見据えた「風立ちぬ」など中期傑作2編。

堀辰雄著
大和路・信濃路
旅の感動を率直に綴る「大和路」「信濃路」など、堀文学を理解するための重要な鍵であり、その思索と文学的成長を示すエッセイと小品。

安部公房著
方舟さくら丸
地下採石場跡の洞窟に、核シェルターの設備を造り上げた〈ぼく〉。核時代の方舟に乗れる者は、誰と誰なのか？ 現代文学の金字塔。

安部公房著
カンガルー・ノート
突然〈かいわれ大根〉が脛に生えてきた男を載せて、自走ベッドが辿り着く先はいかなる場所か——。現代文学の巨星、最後の長編。

安部公房著 **砂の女** 読売文学賞受賞

砂穴の底に埋もれていく一軒屋に故なく閉じ込められ、あらゆる方法で脱出を試みる男を描き、世界20数カ国語に翻訳紹介された名作。

安部公房著 **壁** 戦後文学賞・芥川賞受賞

突然、自分の名前を紛失した男。以来彼は他人との接触に支障を来し、人形やラクダに奇妙な友情を抱く。独特の寓意にみちた野心作。

安部公房著 **他人の顔**

ケロイド瘢痕を隠し、妻の愛を取り戻すために他人の顔をプラスチックの仮面に仕立てた男。——人間存在の不安を追究した異色長編。

安部公房著 **飢餓同盟**

不満と欲望が澱む、雪にとざされた小地方都市で、疎外されたよそ者たちが結成した〝飢餓同盟〟。彼らの野望とその崩壊を描く長編。

安部公房著 **第四間氷期**

万能の電子頭脳に、ある中年男の未来を予言させたことから事態は意外な方向へ進展、機械は人類の苛酷な未来を語りだす。ＳＦ長編。

安部公房著 **水中都市・デンドロカカリヤ**

突然現れた父親と名のる男が奇怪な魚に生れ変り、何の変哲もなかった街が水中の世界に変ってゆく……。「水中都市」など初期作品集。

川端康成著　掌の小説

優れた抒情性と鋭く研ぎすまされた感覚で、独自な作風を形成した著者が、四十余年にわたって書き続けた「掌の小説」122編を収録。

川端康成著　愛する人達

円熟期の著者が、人生に対する限りない愛情をもって筆をとった名作集。秘かに愛を育てる娘ごころを描く「母の初恋」など9編を収録。

川端康成著　舞姫

敗戦後、経済状態の逼迫に従って、徐々に崩壊していく〝家〟を背景に、愛情ではなく嫌悪で結ばれている舞踊家一家の悲劇をえぐる。

川端康成著　みずうみ

教え子と恋愛事件を引き起こして学校を追われた元教師の、女性に対する暗い情念を描き出し、幽艶な非現実の世界を展開する異色作。

川端康成著　名人

悟達の本因坊秀哉名人に、勝負の鬼大竹七段が挑む……本因坊引退碁を実際に観戦した著者が、その緊迫したドラマを克明に写し出す。

川端康成著　千羽鶴

志野茶碗が呼び起こす感触と幻想を地模様に、亡き情人の息子に妖しく惹かれ崩壊していく中年女性の姿を、超現実的な美の世界に描く。

開高健著

パニック・裸の王様

芥川賞受賞

大発生したネズミの大群に翻弄される人間社会の恐慌「パニック」、現代社会で圧殺されかかっている生命の救出を描く「裸の王様」等。

開高健著

日本三文オペラ

大阪旧陸軍工廠跡に放置された莫大な鉄材に目をつけた泥棒集団「アパッチ族」の勇猛果敢な大攻撃！　雄大なスケールで描く快作。

開高健著

開口閉口

食物、政治、文学、釣り、酒、人生、読書……豊かな想像力を駆使し、時には辛辣な諷刺をまじえ、名文で読者を魅了する64のエッセー。

開高健著

地球はグラスのふちを回る

酒・食・釣・旅。——無類に豊饒で、限りなく奥深い〈快楽〉の世界。長年にわたる飽くなき探求から生まれた極上のエッセイ29編。

開高健著

輝ける闇

毎日出版文化賞受賞

ヴェトナムの戦いを肌で感じた著者が、戦争の絶望と醜さ、孤独・不安・焦燥・徒労・死といった生の異相を果敢に凝視した問題作。

開高健著

夏の闇

信ずべき自己を見失い、ひたすら快楽と絶望の淵にあえぐ現代人の出口なき日々——人間の《魂の地獄と救済》を描きだす純文学大作。

北杜夫著
夜と霧の隅で
芥川賞受賞

ナチスの指令に抵抗して、患者を救うために苦悩する精神科医たちを描き、極限状況下の人間の不安を捉えた表題作など初期作品5編。

北杜夫著
幽霊
—或る幼年と青春の物語—

大自然との交感の中に、激しくよみがえる幼時の記憶、母への慕情、少女への思慕——青年期のみずみずしい心情を綴った処女長編。

北杜夫著
どくとるマンボウ航海記

のどかな笑いをふりまきながら、青い空の下を小さな船に乗って海外旅行に出かけたどくとるマンボウ。独自の観察眼でつづる旅行記。

北杜夫著
楡家の人びと
（第一部～第三部）
毎日出版文化賞受賞

楡脳病院の七つの塔の下に群がる三代の大家族と、彼らを取り巻く近代日本五十年の歴史の流れ……日本人の夢と郷愁を刻んだ大作。

北杜夫著
どくとるマンボウ青春記

爆笑を呼ぶユーモア、心にしみる抒情。マンボウ氏のバンカラとカンゲキの旧制高校生活が甦る、永遠の輝きを放つ若き日の記録。

養老孟司著
かけがえのないもの

何事にも評価を求めるのはつまらない。何が起きるか分からないからこそ、人生は面白い。養老先生が一番言いたかったことを一冊に。

白洲正子著

日本のたくみ

歴史と伝統に培われ、真に美しいものを目指して打ち込む人々。扇、染織、陶器から現代彫刻まで、様々な日本のたくみを紹介する。

白洲正子著

西行

ねがはくは花の下にて春死なん……平安末期の動乱の世を生きた歌聖・西行。ゆかりの地を訪ねつつ、その謎に満ちた生涯の真実に迫る。

白洲正子著

ほんもの
—白洲次郎のことなど—

おしゃれ、お能、骨董への思い。そして、白洲次郎、小林秀雄、吉田健一ら猛者と過ごした日々。白洲正子史上もっとも危険な随筆集！

白洲正子著

白洲正子自伝

この人はいわば、魂の薩摩隼人。美を体現した名人たちとの真剣勝負に生き、ものの裸形だけを見すえた人。韋駄天お正、かく語りき。

牧山桂子著

次郎と正子
—娘が語る素顔の白洲家—

幼い頃は、ものを書く母親より、おにぎりを作ってくれるお母さんが欲しいと思っていた——。風変わりな両親との懐かしい日々。

白洲正子著

私の百人一首

「目利き」のガイドで味わう百人一首の歌の心。その味わいと歴史を知って、愛蔵の元禄時代のかるたを愛でつつ、風雅を楽しむ。

大江健三郎著
死者の奢り・飼育
芥川賞受賞

黒人兵と寒村の子供たちとの惨劇を描く「飼育」等6編。豊饒なイメージを駆使して、閉ざされた状況下の生を追究した初期作品集。

大江健三郎著
われらの時代

遍在する自殺の機会に見張られながら生きてゆかざるをえない〝われらの時代〟。若者の性を通して閉塞状況の打破を模索した野心作。

大江健三郎著
芽むしり　仔撃ち

疫病の流行する山村に閉じこめられた非行少年たちの愛と友情にみちた共生感とその挫折。綿密な設定と新鮮なイメージで描かれた傑作。

大江健三郎著
性的人間

青年の性の渇望と行動を大胆に描いて波紋を投じた「性的人間」、政治少年の行動と心理を描いた「セヴンティーン」など問題作3編。

大江健三郎著
個人的な体験
新潮社文学賞受賞

奇形に生れたわが子の死を願う青年の魂の遍歴と、絶望と背徳の日々。狂気の淵に瀕した現代人に再生の希望はあるのか？　力作長編。

大江健三郎著
同時代ゲーム

四国の山奥に創建された《村＝国家＝小宇宙》が、大日本帝国と全面戦争に突入した!?　特異な構想力が産んだ現代文学の収穫。

新潮文庫の新刊

結城真一郎著
救国ゲーム
〝奇跡〟の限界集落で発見された惨殺体。救国のテロリストによる劇場型犯罪の謎を暴け。最注目作家による本格ミステリ×サスペンス。

松田美智子著
飢餓俳優 菅原文太伝
誰も信じず、盟友と決別し、約束された成功を拒んだ男が生涯をかけて求めたものとは。昭和の名優菅原文太の内面に迫る傑作評伝。

結城光流著
守り刀のうた
邪気を祓う力を持つ少女・うたと、伯爵家の御曹司・麟之《りんの》助《すけ》のバディが、命がけで魑《ち》魅《み》魍《もう》魎《りょう》に挑む！　謎とロマンの妖《あやかし》ファンタジー。

筒井ともみ著
もういちど、あなたと食べたい
名脚本家が出会った数多くの俳優や監督たち。彼らとの忘れられない食事を、余情あふれる名文で振り返る美味しくも儚いエッセイ集。

玖《ジウ》月《ユエ》晞《シー》
泉京鹿訳
少年の君
優等生と不良少年。二人の孤独な魂が惹かれ合うなか、不穏な殺人事件が発生する。中国でベストセラーを記録した慟哭の純愛小説。

C・S・ルイス
小澤身和子訳
ナルニア国物語1
ライオンと魔女
四人きょうだいの末っ子ルーシーは、衣装だんすの奥から別世界ナルニアへと迷い込む。世界中の子どもが憧れた冒険が新訳で蘇る！

愛《あい》の試《こころ》み

新潮文庫　ふ-4-6

昭和五十年五月二十六日　発行
平成十七年六月二十五日　四十三刷改版
令和六年十二月十日　四十九刷

著者　福《ふく》永《なが》武《たけ》彦《ひこ》

発行者　佐藤隆信

発行所　株式会社　新潮社

郵便番号　一六二―八七一一
東京都新宿区矢来町七一
電話　編集部(〇三)三二六六―五四四〇
読者係(〇三)三二六六―五一一一
https://www.shinchosha.co.jp

価格はカバーに表示してあります。

乱丁・落丁本は、ご面倒ですが小社読者係宛ご送付ください。送料小社負担にてお取替えいたします。

印刷・東洋印刷株式会社　製本・加藤製本株式会社

ISBN978-4-10-111506-1　C0195